KB054346

사랑의 첫 번째 의무는
언제나 상대방에게 귀를 기울이는 것

스마트한 연애사용법

1판 1쇄 인쇄 2015년 7월 20일
1판 1쇄 발행 2015년 7월 27일

지은이 이상준
펴낸이 임종관
펴낸곳 미래북
편   집 정광희
본문디자인 서진원
등록 제 302-2003-000326호
주소 서울시 용산구 효창동 5-421호
마케팅 경기도 고양시 덕양구 화정동 965번지 한화 오벨리스크 1901호
전화 02)738-1227(대) | 팩스 02)738-1228
이메일 miraebook@hotmail.com

ISBN 978-89-92289-73-3   03810

스마트한 연애 사용법

이상준 지음

미래북
miraebook

제대로 된 연애의 첫걸음을 위해

사랑하기 좋은 싱그러운 날이다. 세상의 모든 연애는 준비해야 하는 것이고 노력하는 사람에게 결혼과 더불어 행복한 가정이 찾아온다. 행복은 누군가가 나의 부족한 부분을 채워 스스로 얻어지는 것이 아니고 노력하고 준비해야만 얻을 수 있다. 어떤 사람을 만나느냐에 따라 행불행의 미래가 좌우되기에 좋은 만남, 믿음이 가는 선택은 연애의 '첫걸음'이 아닐까 싶다.

이 책은 '연애의 기술, 작업의 정석'이라기보다는 똑똑한 연애 사용설명서로 모두가 행복한 연애를 하길 바라는 간절한 마음에서 출간하게 되었다.

같은 사람인데도 누군가에게는 인연이 되고, 누군가에게는 지독한 악연으로 남기도 한다. 또 처음부터 느낌이 통해서 오래가는 사람이 있고 처음에는 좋았지만 나중에 끝이 좋지 않은 경우도 있다. 나에게 좋지 않은 기억을 남기는 사람은 인연이 아니기 때문이다.

'외모나 직업, 스펙은 누구에게도 뒤지지 않는데 나는 왜 애인이 안 생기는 걸까?'

첫사랑과 결혼에 골인하여 만인의 축복을 받으며 행복한 가정을 이룬 사람이 있는가 하면 첫사랑으로 인한 아픔에서 헤어나오지 못하는 사람도 있기 마련이다. 이는 모두 사람 사이의 관계로 누구의 잘못이라기보다는 '대화법, 상대를 대하는 태도, 방식과 타이밍'에 그 문제가 있다. 커피 한 잔을 마셔도 마냥 설레고 기쁜 사람이 있는가 하면, 별 감정 없이 만나는 사람도 있다. 사랑의 결실을 맺기 위해서는 무엇보다 진실함과 상대방에 대한 배려, 이해가 가장 중요하다. 사랑은 구걸이 아니라 상대방을 끌어당기는 매력에 있는 것이기 때문이다.

남녀 사이에 일어나는 모든 일련의 사건은 모두 마음에서 비롯된다. 상담 심리사가 심리 연애 기법의 관점에서 명쾌하고도 솔직하게 해법을 제시하는《스마트한 연애사용법》에서는 연애 중인 남녀가 알아야 할 마음 심리와 태도, 상대를 대하는 방법과 대화법, 초보 연애에서의 스킨십 테크닉, 남녀 사이 갈등과 위기 관리법, 재미있는 데이트 방법, 이별 대처법, 새로운 사랑을 받아들이는 법 등 연애에서 결혼까지의 전 과정을 모두 담아냈다. 심리 상담 과정에서 흔히 발생하는 문제를 Q&A로 정리하여 남녀의 고민은 무엇이고 어떻게 해결할 수 있는지를 쉽게 제시했다.

연애 심리사로서 연애를 잘하는 매력남, 매력녀 그리고 사랑의 기술에 대한 관찰기록지 등을 통해서 수많은 남녀 문제를 상활별로 대처하는 방법에 대해 알아보고, 풍부한 감성과 연애의 진실을 마주하면서

20~30대 청춘들의 연애 고민과 30~40대 골드 싱글 그리고 재혼에 이르기까지 다양한 해결사 역할로 남녀에게 공감을 얻었다.

지금 이 순간에도 우리는 누군가의 희망이고 빛이다. 우리는 그 빛을 잃지 말고 아름다운 '짝'을 찾는 숙제를 해야 할 때이다.

대학 졸업 후 취직도 쉽지 않은데 대출한 등록금을 상환하지 못해 신용불량자가 되기도 하고 '홈퍼니(Home+Company)'라는 신조어처럼 집에서 취업 원서 접수에 매진하며 '알바자족(알바로 부족한 학자금을 충당하는 사람)', '잉글리시 푸어(취업을 위해 생활비 대부분을 영어 공부에 투자하는 취업 준비생)', '빨대족(취업난으로 직장을 구하지 못해 부모님의 지원을 계속 받는 30대)'들이 대거 양산되고 있는 실정이다. 취업이 늦어지다 보니 당연히 결혼도 늦어졌다. 결혼을 위해 가장 우선시 되어야 하는 조건은 안정된 직장이다.

맞벌이가 필수인 사회 구조상 여성은 이제 직장이 없으면 결혼하기도 힘든 세상이다. 남성의 급여만으로는 100세 시대를 살아갈 충분한 준비가 부족하기 때문이다. 그러나 젊다는 것은 이 세상 그 어떤 것과도 바꿀 수 없다. 그러니 이제 모든 고민에서 한 발짝 벗어나 달콤한 사랑을 이루고, 결혼이라는 아름다운 결실을 맺을 수 있는 러브 리서치 방법을 찾아 저자와 함께 여행을 떠나보자.

태어나서 연애 한 번 하지 못한 모태솔로부터 연애와 결혼에 두려움을 갖는 청춘 남녀, 연애를 시작해도 오래가지 않는 사람들까지…… '결혼의 성공과 실패'라는 새로운 관점에서 살펴본 연애와 결혼 그리고 행복한 가정생활을 위한 해법을 제시하는《스마트한 연애사용법》은 연애도 심리학의 한 부분으로 보고, 결혼을 앞두고 연애를 하거나 몇 개월 혹은 몇 년 동안 잘 진행 중인 연인들 사이에서도 말하지 못하는 고민 그리고 그들이 터놓고 이야기할 수 있는 대화법까지 관계를 유지하는 데 필요한 것들을 상담 사례로 재미있고 유쾌하게 풀어놓았다. 또한 썸 타는 남녀, 양다리 걸치는 남녀의 심리 차이, 나쁜 남자 길들이기, 내 연인한테 사랑받고 예쁨받는 법, 내 남자(여자)길들이기, 이별 대처법, 연애에서의 모든 주제와 문제 해결법을 담았다.

CONTENTS

사랑은 처음부터 풍덩 빠지는건 줄 알았지
이렇게 서서히 물들어버리는 건 줄은 몰랐어

영화《미술관옆 동물원》중

Part 1
연애의
기초

꼭 쥐고 있어야 하는 것은 내 것이 아니다
잠깐 놓았는데도 내 곁에 있다면
그 사람이 바로 내 사람이다

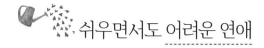

쉬우면서도 어려운 연애

왜 연애가 필요할까?

오늘은 토요일이다. 애인이 있으면 애인과 함께 보낼 즐거운 주말이지만 애인이 없는 사람의 토요일, 연애를 할 줄 모르는 사람의 토요일은 어떤가?

친구라도 만나고 싶지만 모두들 시간이 없다고 한다. 토요일이 지루하니 그 여파는 일요일까지 계속 가는 게 대부분이다. 지난 토요일만 해도 '다음 주에는 좀 나아지겠지' 하는 기대가 있었지만 토요일이 되니 변함이 없다. 또다시 TV와 인터넷, 쇼핑, 잠만이 주말의 일과가 되어버린다.

혼자 뭐라도 할 수 있으면 좋으련만 혼자 영화관에 가니 청승맞은 것 같고 아직은 용기도 나지 않는다. 결국 거리를 목적 없이 돌아다니다 집으로 돌아온다. 집에만 있기가 너무 답답해서 밖으로 나가보면 사랑에 빠진 연인들이 거리를 가득 메운다. 팔짱을 낀 채 거리를 활보하고 있는 아름다운 연인들의 모습을 보면 더욱 외로움이 몰려온다. 불현듯 정신을 차리고 보니 수많은 인파 속에서 자기만 혼자 있는 모습이 느껴진다. 그때 새삼스럽게 혼자여서 외로운 자신의 모습이 진하게 느껴진다. 지금까지 충분히 외로웠는데도 마음 한 구석에서 '나도 이제는 연애를 하고 싶나'는 생각이 떠오른다. 인간은 짝이 필요한 존재이기 때문이다.

미처 깨닫지 못했지만 그동안 무척이나 외로웠고, 겉으로는 드러내지 않았지만 누구보다도 간절히 연애를 갈망하고 있었던 것이다. 연애 따윈 해도 그만, 안 해도 그만이라며 자신을 위로하면서도 정작 연애를 포기하고 싶지 않았던 것이다. 하지만 생각만큼 기회는 주어지지 않았고, 설사 주어졌더라도 그 기회를 잘 살리지 못하거나 엉망이 되기 일쑤였다. 겨우 얻어낸 소개팅 자리에서는 번번이 퇴짜를 맞았으며, 한 달도 안 되어 일방적인 이별통지를 받아야만 했다.

그때서야 비로소 연애가 어렵다는 사실을 깨닫게 된다. 또한 아무나 할 수 있는 게 아니라는 생각에 자신을 연애에서 열외로 취급하게 된다. 그런데 자꾸 이런 생각을 하면 할수록 연애가 더 어려워지고, 사람 앞에서 움츠러들고 작아지는 존재가 된다. 그러나 자학할 필요는 없다. 자신이 부족해서가 아니라 연애의 방법을 잘 모르기 때문에 그런 것이다.

남자는 여자의 진심을 몰랐기 때문이며 여자는 남자만 바라보다가 지친 것이다. 연애는 늘 그렇게 실패로 끝나고, 연애에 대한 나쁜 기억만이 남아 자신을 초라하게 만들고 만 것이다.

그러나 방법만 알면 누구나 쉽게 성공할 수 있는 것이 바로 연애이다.

연애의 기회도 방법만 알면 얼마든지 만들 수 있고, 새로운 연인과 새로운 사랑을 시작하는 것도 결코 어렵지 않다. 지금 이 순간부터 잃었던 용기와 자신감을 되찾아 연애에서 성공할 수 있는 방법을 배워보도록 하자.

연애를 시작하기에 앞서 자문해야 할 것

아직까지 애인이 없거나, 한 번도 연애 경험이 없는 사람이라면 연애에 앞서 자신에게 다음과 같은 질문을 해보라.

- 자신이 혼자 있는 것을 너무 좋아하고 있지는 않는가? 은둔형 외톨이처럼 하루 종일 집에만 있으면 애인을 만들 수 없다. 연애를 너무 오래 하지 않으면 연애와 사랑의 세포도 죽는다.
- 접근해 오는 사람을 너무 경계하지는 않는가? 자신에게도, 상대방에게도 서로 알 수 있는 시간을 주는 여유를 가져보라.
- 외모에 너무 무신경하지 않은가? 이제는 외모도 전략이다. 거울과 친해지도록 노력하라.
- 좋아하는 사람 앞에서 너무 잘 보이려다가 실수만 연발하지 않는가? 긴장을 풀고 여유를 가져라.
- 연애를 시작하기도 전에 미리부터 차일까 두려워 너무 쉽게 포기하지는 않는가? 태어나자마자 죽음을 두려워하는 아기

보다 사랑 앞에서 용기 있는 사람이 되자.

• 자기 자신을 미워하고 있지는 않는가? 타인과 자신을 비교하며 스스로 부족한 사람으로 내몰아서는 안 된다. 먼저 자신을 아끼고 사랑해야 뜨거운 마음으로 연애를 시작할 수 있다.

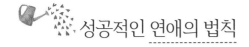# 성공적인 연애의 법칙

오감을 활용하자

우리는 살면서 오감(시각, 청각, 후각, 미각, 촉각) 중에 어느 하나도 소홀히 하며 살 수 없다. 행복을 느끼는 것도 결국 오감을 통해서이다. 따라서 연애도 오감을 활용하여 사랑이란 감정을 이끌어내어 유지하는 과정이다. 그러므로 최고의 연애를 하기 위해서는 이성의 오감을 적절하게 자극해서 정복해야 한다.

그렇다면 연애를 할 때 오감을 활용하라는 것은 어떤 의미일까? 예를 들어 우리가 잘 알고 있는 속설 중에 '유머가 넘치는 남자는 여자에게 인기가 있다, 여자가 내숭을 떨 줄 알아야 남자가 잘 넘어온다'는 말이 있다. 그런데 유머가 넘친다는 것은 어느 정도로 유머를 잘해야 하는 것인지 또 여자의 내숭은 어디까지가 용인되는 범위인지 모호하다. 오감

18

을 활용하는 방법을 구체적으로 알아보면서 이러한 궁금증을 풀어보자
하자.

시각을 활용하는 방법

우리가 자주 하는 말 중에 '첫눈에 반했다'는 말이 있다. 첫눈에 빠지는
사랑은 특히 상대방의 외모 때문인 경우가 대부분이다. 겉모습에 반해
서 사랑에 빠지게 되면 그 사람의 전부를 외모로 예상하고 평가하게 된
다. 예쁜 여자나 외모가 잘생긴 남자는 마음도 멋지고 아름다울 것이라
고 착각하게 되는 것이다. 외모의 만족도에 따라 '호기심과 관심'이라는
연애의 기초 감정이 생기게 된다.

그런데 어떤 사람들은 마음이 더 중요하다고도 말한다. 그 사람의 인
격이나 됨됨이가 중요하지, 결코 외모가 전부는 아니라고 한다. 맞는 말
이다. 그러나 외모가 만족스럽지 못하면 마음을 보여줄 수 있는 기회마
저 잃게 된다. 외모로만 사람을 판단하는 것은 다소 무리이고, 뭔가 부족
하다는 느낌마저도 드는 것이 사실이다. 하지만 연애를 시작하는 데에
외모가 중요한 척도가 되는 것은 누구도 부인할 수 없을 것이다. 앞으로
연애가 지속되기 위해서는 상대방의 시각을 자극할 수 있는 매력을 반
드시 만들어야 한다.

우리나라 여성들은 깔끔한 이미지의 남성을 좋아한다. 깔끔한 이미지
의 남성은 신뢰감도 상승시키므로 이중 효과를 볼 수 있다. 깔끔한 이미
지는 헤어스타일의 변화나 옷차림만으로도 그리 어렵지 않게 연출할 수
있다.

여성들은 남성들보다 외모에 더욱더 많은 시간을 투자한다. 여성은 사실 외모만으로도 남자의 깊은 사랑을 얻을 수 있기 때문이다. 그러나 오직 한 가지 이미지만 고수하기보다는 섹시함과 청순한 이미지를 번갈아 연출할 수 있으면 매력도가 올라간다. '여자의 변신은 무죄'라는 말도 있지 않은가.

청각을 활용하는 방법

'표현하지 않는 사랑은 사랑이 아니다'라는 말이 있다. 사랑은 말이나 행동으로 표현해야지 마음속에만 담고 있으면 상대방이 알 수도 없을뿐더러 진전이 없다. 그러나 유독 우리나라 사람들은 사랑의 감정을 표현하기를 꺼린다. '부끄럽고 창피하다'는 이유도 있지만 혹시나 고백을 했다가 거절당하지나 않을까 하는 두려움이 더 크기 때문이다. 하지만 그럼에도 불구하고 '사랑의 고백'은 아무리 많이 해도 닳지 않는다. 평범하게 '하늘만큼 땅만큼 사랑한다'고 말하는 것보다 상대의 마음에 감동을 일으킬 수 있는 말을 찾아서 사용해보라. 시집이나 노래가사, 영화대사 등을 활용하는 것도 좋은 방법이다.

사랑하는 사람의 귀는 그 어떤 사람의 귀보다 밝고 민감하다. 특히 남자는 여자가 하는 말을 흘려버리지 말고 사소한 것까지 기억해낼 줄 알아야 한다. 또한 데이트를 할 때 상대방의 잘하는 점을 칭찬해주는 것도 좋은 방법이다. 예쁜 옷을 입었다든가, 스타일이 좋다든가 할 때는 지나가는 말처럼 슬쩍 칭찬하는 것도 상대의 기분을 업시키는 데 좋다.

후각을 활용하는 방법

시각보다 후각이 어떠한 기억을 더 선명하고 오랫동안 뇌에 각인시킨다고 한다. 그만큼 후각은 우리의 정서에 많은 영향을 미친다. 따라서 데이트할 때 깔끔하게 하고 나가는 것은 기본이다. 음식 냄새나 입 냄새, 땀 냄새 등 불쾌한 냄새를 남기지 않는 것도 상대방에 대한 예의다.

남성은 여성의 향긋한 샴푸 냄새나 비누 냄새에 묘한 매력을 느끼고, 여성은 남성의 은은한 향수 냄새에 섹시함을 느낀다고 한다. 특히 자신의 이미지와 향수가 일치하면 금상첨화다. 그러나 코를 자극할 정도로 향수를 남발하면 오히려 이미지가 실추되고 역효과를 가져오게 된다.

상대방의 미각을 자극하는 방법

보통 사람들의 데이트는 먹는 것으로 시작해서 먹는 것으로 끝난다고 해도 과언이 아니다. 연인들은 대부분 만나자마자 "우리 뭐 먹으러 갈까?"로 시작한다. 이것은 그만큼 연애에서 미각이 차지하는 비율이 높다는 것을 말한다.

미각 효과를 높이기 위해서는 음식과 관련된 정보를 많이 알아두는 것이 좋다. 요즘 TV만 틀면 셰프들이 등장해 군침 도는 요리를 만들고 연예인들은 맛을 즐기며 환호한다. 그야말로 먹방이 대세인 시대다. 그만큼 '먹는 것'에 대해 사람들이 관심을 가지고 있으며 좋아한다는 것을 방증하는 셈이다.

맛집에 대한 정보는 인터넷 검색, 잡지뿐만 아니라 친구들로부터 조언을 듣거나 맛집을 찾아다니는 동호회를 통해서도 얼마든지 수집이 가능하다. 따라서 조금만 관심을 가지면 음식에 대한 정보를 얻기는 쉽다.

특히 여성들은 미각적인 것에 관심이 많다. 남자가 여자에게 미각의 즐거움을 줄 때 여자들은 만남의 즐거움을 더욱더 느끼게 된다. 따라서 만날 때 과자나 비타민 C, 초콜릿 등을 건네주면서 자신의 마음을 표현해보라.

미각을 활용하는 데 절대로 잊어서는 안 되는 것은 일방적으로 자신의 취향대로만 메뉴를 찾아다녀서는 안 된다는 것이다. 본인과 상대방이 좋아하는 음식을 절충할 수 있는 음식점에 간다든지, 이번 주는 본인이 좋아하는 음식을 먹었으면 다음 주에는 상대방이 좋아하는 음식을 먹으러 가는 등 서로의 기호를 맞춰가는 과정도 중요하다.

상대의 촉각을 활용하는 방법

적절한 스킨십은 사랑을 표현하는 좋은 방법이다. 또한 마음을 전하는 중요한 매개이기도 하다. 그러나 함부로 스킨십을 하다가는 만남의 목적이 달라지고 그 결과 역시 달라진다.

스킨십을 좋아하는 남자로 인식되면 여자는 보통 경계심을 갖는다. 여자의 경우는 더욱 그런데 스킨십을 좋아하는 여자는 '헤픈 여자나 함부로 해도 되는 여자'로 보일 수 있으니 더욱 조심해야 한다.

스킨십은 가급적 서로 조심스럽게 시도하고 아슬아슬한 접촉부터 시작한다. 손을 잡는 일, 팔짱을 끼는 일, 웃으면서 어깨를 살짝 치는 일, 옷에 먼지를 털어주는 일, 따뜻하게 안아주는 정도로 진도를 나가는 게 자연스럽다. 그리고 이 과정들을 시간을 들여 천천히 해나가는 것이 현명하다. 처음부터 키스를 하거나 신체의 어느 부위를 만지는 등의 행동은 연애를 부정적인 방향으로 흘러가게 하기 쉽다. 그리고 본인이 생각하는 스킨십의 진도와 상대방이 생각하는 스킨십의 진도가 다를 수 있으므로 서로 신중하게 접근해야 할 필요가 있다.

버려야 할 연애 선입견

연애를 아예 하지 못하거나 매번 연애를 하다가 실패하는 사람들을 보면 거의가 연애에 대한 선입견에 사로잡혀 있는 경우가 많다. 반면에 성공적인 연애를 하고 결혼에 골인한 사람들은 연애를 통해서 자신만의 독자적인 연애관을 형성한다.

못생겼으니까 연애를 못한다?

선천적으로 미남, 미녀로 태어났다고 해서 연애에 성공하는 것은 아니다. 예전에는 이외로 못난 여성이 괜찮은 남자를 만나서 행복하게 사는 경우가 꽤 많았다. 그런데 세월이 변하면서 이제는 외모 지상주의로 바뀌었다. 많은 여성들이 성형을 통해서 부족한 부분을 고치고 일반인들도 '얼짱'이라는 신드롬에 갇혀 연예인 취급을 받으니 연애 대상에서 외모부터 챙기는 것은 당연한 일이 되었다.

그러나 누구나 정해놓은 이런 기준들과는 달리 연애는 사람에 따라 잘 되거나 잘 되지 않는 것에 불과하다. 키가 작다고 연애를 못하는 것도 아니고, 못생겼다고 해서 애인이 없는 것도 아니다. 주위를 살펴보면 사실 보통의 외모, 보통의 키, 보통의 몸매를 가진 사람이 대다수다. 오히려 외모에 너무 의존하다가 연애에 실패하는 사람이 많다. 선천적으로 열등한 외모라도 후천적인 장점을 개발하여 타고난 단점을 뛰어넘는 노력이 필요하다. 그렇게 된다면 단순히 외모가 뛰어난 사람보다도 더 매력적인 사람이 되어 이성으로부터 '연애하고 싶은 사람'으로 보이게 될 것이다.

돈이 없어서 연애를 하지 못한다?

실제 돈이 많다면 삶도 사랑도 윤택해질 수 있다. 그러나 돈이 행복 그 자체를 보장해 주지는 않는다. 대부분의 사람들은 누군가의 마음을 돈으로 살만큼 부유하지 않다. 돈이 많다고, 원하는 것은 무엇이든지 해줄 수 있다고 큰소리 치는 사람이 있다면 그 사람의 진심부터 알아봐야 한다.

연애를 시작하기 전에 필요한 돈은 그저 두 잔의 커피 값이다. 커피를 마시면서 상대를 관찰하는 것부터 시작하는 것이다. 그렇게 주어진 시간 안에 상대방을 어떻게 유혹하느냐에 따라 연애를 시작할 수 있느냐 없느냐가 결정된다. 진정한 연애가 무엇인지 모르는 사람만이 돈에 의지해서 사랑을 하려고 한다.

조건이 중요하다?

눈만 높아져서 자신의 상황은 고려하지 않고 상대방만 이리저리 재보는 태도는 절대 금물이다. 그렇게 도도한 태도와 자세 때문에 관심을 가지고 접근해오던 사람들조차 질려버려서 발길을 돌리게 되는 것이다.

자신의 외모도 특별하지 않으면서 '못생긴 사람은 연애할 가치가 없다'고 생각하거나 '내 남자친구라면 키는 어느 정도는 되어야 한다'는 식의 고집을 부린다면 누구도 그 진심을 알아주지 않는다.

자신의 상대로 능력 있는 사람을 찾는다면 자신이 먼저 그만한 능력을 갖추어야 한다. 동등한 입장에서 사람의 마음을 보고 사람의 진심을 봐야지, 조건으로 사람을 따져서는 안 된다. 당신이 누군가를 내려다보는 눈으로 평가할 때, 다른 누군가도 당신을 그런 시선으로 평가할 수밖에 없다는 것을 잊어서는 안 된다.

핑계 없는 무덤은 없다?

돈이 없어서, 너무 착해서, 키가 작아서, 능력이 부족해서, 너무 뚱뚱해서, 술을 많이 마셔서, 스킨십 테크닉이 없어서 등등 만나는 사람마다 단점을 찾아내서 자신이 연애를 할 수 없는 이유를 만들어내는 사람이 있다. 그러나 더 안타까운 것은 정말 마음에 들고 인연이라고 생각하는 사람이 나타나더라도 본인이 가진 이러한 습관 때문에 선뜻 자신의 목소리를 내기가 힘들다는 것이다. 또 이 핑계, 저 핑계를 대며 자신은 물론 상대방에게까지 마음의 상처를 입히게 되고 상대방은 그만 지쳐서 떠나고 만다. 당신이 마음에 가지고 있는 그 핑계들 때문에 천생연분을 놓칠 수 있다.

세상에 완벽한 사람은 없다. 당신이 완벽할 수 없듯이 상대도 마찬가지다. 미완성의 모습이 더 인간답고 솔직하다. 너무 완벽한 사랑을 추구하다가는 완벽하게 사랑에 실패한다.

과대망상증은 불치병?

상대방에게 내일 만나자고 문자를 보냈다. 그런데 10분이 지나도 대답이 없다. 그때부터 과대망상증이 도지기 시작한다.

'왜 답이 없지? 내일 만나기가 싫은 건가? 별다른 약속이 없는 것으로 아는데. 아무리 바빠도 답은 줘야 하는 거 아냐? 문자 보내는데 그렇게 시간이 오래 걸리나? 분명 나를 무시하는 게 틀림없어. 그렇게 안 봤는데 정말 매너 없네. 어디 연락 오기만 해봐라. 내가 전화를 받나.'

정말로 상대가 싫어서 답장을 보내지 않을 수도 있다. 그러나 설사 그렇다 해도 사실이 아닌 것을 바탕으로 소설을 만들어서 고민을 키울 필요는 없다. 모든 일을 비관적으로 확대 해석하는 것은 연애에서도 마찬가지지만 결혼 후에도 의처증이나 의부증 같은 심각한 정신병으로 이어지므로 조심해야 한다.

이성을 사로잡는 접근의 기술

전혀 모르는 이성에게 접근하는 것 자체가 용기를 필요로 한다. 그러나 실제 용기를 내어 접근해도 실패하기가 쉽다. 우리나라 사람들은 생면부지의 이성으로부터 그런 접근을 받으면 의심부터 하기 쉽다. 모르는 사람에게 다가갈 때는 단지 연락처를 알아내는 데만 급급해서는 안된다. 무작정 용기만 믿고 밀어붙였다가는 본의 아니게 이상한 사람으로 의심받을 수 있기 때문이다. 그 용기가 무색해지지 않기 위해서는 무작정 하지 않는 것이 좋다. 모든 일에는 상황과 분위기라는 것이 있다. 따라서 이성에게 접근할 때에는 더욱 분위기가 중요하다.

먼저 상황분석을 한다

이성에게 접근하는 바람직한 방법을 설명하기 위해 하나의 상황을 예로 들어보자. 당신이 평소에 관심을 가지고 있던 이성에게 접근하기 위해서는 먼저 그(녀)가 자주 다니는 식당을 알아본다. 어느 날 그 식당에 찾아가 그(녀)가 혼자서 식사를 하고 있는 모습을 발견한다. 혼자서 식사를 하고 있다는 것은 곧 식사하는 데 방해를 받기 싫다는 것을 의미하는 동시에 접근할 수 있는 기회가 있다는 긍정적인 의미도 있다. 이러한 정보를 바탕 삼아 두 가지 방법으로 접근할 수 있다. 하나는 상대가 싫어하든 말든 강하게 밀어붙이는 방법과 식사를 하는데 불편을 최소화시키면서 접근하는 방법이다.

누군가에게 접근할 때는 이렇게 상대에 대한 상황분석을 한 후에, 전략을 세워서 위험 부담을 최소화하는 범위 내에서 접근해야 한다. 무모한 도전은 실패할 확률이 높다. 노력할 때는 계획을 짠 후에 그 계획에 따라서 해야 성공할 수 있다.

이제는 용기를 갖고 행동으로 옮길 단계이다. 말을 걸 명목으로 음료수를 시킨 다음 접근한다. 자신이 직접 음료수를 사들고 접근해도 상관없다. 이때는 과감하게 다가가서 말을 건다. 이런 상황에서는 보통 상대방의 눈치를 살피고 주저하게 되는 데 이런 태도는 자신 없는 태도로 비춰진다.

말을 걸 때는 미소를 띤 얼굴과 상냥한 목소리로 "안녕하세요. 여기 잠깐만 앉아도 될까요?"라고 말한 뒤에 상대의 동의를 구하지 않고 그 앞에 혹은 옆에 앉아서 말을 건넨다. 그러면서 음료수를 내민다. 이런 상황이 좋은 점은 우선 상대가 음료수를 받았으므로 거절하기가 힘들고, 눈을 마주치게 되며 자연스럽게 연출했으므로 주위를 의식할 필요가 없다는 점이다.

일단 첫 단추는 끼웠으니 다음 단계로 넘어간다. 자신이 속한 직장이나 학교 이름을 대면서 상대방의 경계심을 최소화시킨 다음, 그 다음 단계로 넘어간다. 이때 접근의 목적을 상대방에게 알리기 위해 일단 호소력 있는 눈빛과 목소리로 진지하게 말한다. 그리고 상대방에게 관심을 가지고 있다는 내용의 말을 전한다. 이 말은 이미 준비한 대사로 한다. 준비한 대사를 말하고 난 다음에는 자신의 휴대전화를 상대방에게 내밀면서 전화번호를 저장할 자세를 취하면 얼떨결에라도 자신의 휴대전화번호를 알려줄 것이다. 이때 자신이 머뭇거리면 상대방도 머뭇거리게 되고 전화번호를 알아내는 일은 힘들어진다. 그러니 최대한 머뭇거리지 말고 자신 있게 밀고 나가야 한다.

이 방법이 실패할 수도 있다. 상대방이 쌀쌀맞은 표정을 짓거나 계속 못마땅한 표정을 지으면 "죄송합니다. 제가 실례했군요. 식사 맛있게 드십시오. 좋은 하루 되세요"하고 깔끔하게 물러날 줄도 알아야 한다.

장소에 따라 접근법도 다르게 하라

상대에게 접근하기 위해 사용하는 무기는 장소에 따라 달라져야 한다. 즉 극장이라면 대기표를 건네주면서 자신의 연락처를 적어주고, 도

서관에서는 상대가 읽는 책이 무엇인지 살펴본 다음 상대가 휴게실에 나왔을 때 자연스럽게 그 책에 대해서 대화를 시도해본다. 좌석버스라면 옆에 앉아서 먼저 눈길을 보낸다. 학원이라면 교재를 들고 가서 교재에 대한 질문을 던지고, 학교라면 참고서나 노트를 빌리거나 시험 범위를 물으면서 접근한다. 매장이라면 단골손님이 되거나 물건을 구입하면서 얼굴을 익히고, 커피숍에 혼자 지루하게 앉아 있을 때는 잡지라도 권하면서 접근하는 것이 좋은 방법이다.

자연스러운 접근은 어디까지나 연출이다. 누구를 만나든지 처음부터 자연스러울 수는 없다. 우연을 가장한 필연을 만들고, 그 필연을 사랑의 고리로 만들 뿐이다. 이것이 가능한가 불가능한가는 오로지 자신에게 달려 있다. 접근할 때 너무 긴장해서도 안 되지만 적당히 떠는 모습을 보여주는 것은 상대방이 더욱 진심을 느끼기에 좋다.

연락처를 받은 다음의 행동

드디어 연락처를 받았다면 떨리는 마음에 조급하게 서두르기 쉽다. 그러나 그런 마음을 다잡고 좀 더 조심스럽게 접근해야 한다.

만남이 이루어지기 전까지는 문자 메시지는 하루에 3통 정도가 적당하고, 전화는 하루 2통 정도면 된다. 더 이상 하게 되면 처음부터 집착하는 사람으로 비춰질 수 있다.

상대방의 직업이 무엇인지 알았다면 한가한 시간에 문자를 보내거나 전화를 해야 한다. 이제 연락처를 주고받은 사이인데 바쁜 근무 중에 문자나 전화를 받으면 좋아할 사람은 없다. 따라서 한가한 시간을 이용하는 신수가 필요하다. 학생이라면 하교 후, 직장인이라면 퇴근 후 한가한 시간에 연락하는 것이 좋다.

문자와 전화를 통해서 자신을 점차 알리면서 서로가 어느 정도 친밀한 사이가 되면 그때 만남의 기회를 갖도록 한다. 연락이 되자마자 상대방에게 만남을 강요하면 인연을 만들 좋은 기회마저 잃게 될 수 있으므로 조심해야 한다.

전화를 걸 때는 말투나 어휘 사용에 주의해야 한다. 너무 친근한 말투로 하면 오히려 반감을 살 수 있다. 자신이 누구인지 먼저 밝히고 연락처를 알려주어서 고맙다는 인사로 끝낸다. 쓸데없는 이야기를 하다가 보면 오히려 좋았던 첫인상도 기분 나쁜 기억으로 남을 수 있다.

상대의 마음을 움직이는 고백법

고백하기 전에 점검해야 할 사항

고백하기 전에 먼저 충분한 시간을 갖고 객관적인 범위 내에서 상대방을 관찰하고 평가할 줄 알아야 한다. 이때 고백하기 전에 꼭 해야 하는 점검 사항으로 다음과 같은 것이 있다.

- 상대가 모든 이성에게 웃음을 흘리고 다니는 사람은 아닌가?
  그렇다면 한 사람만 좋아하기는 힘든 사람이다.
- 잠시 스치듯 지나다가 만난 사람인데 당신의 상상력이 '정말
  괜찮은 사람'으로 미화시키지는 않았는가? 1~2개월 더 두고
  볼 필요가 있다.
- 그 사람 주변에 동성친구보다 이성친구가 더 많은가? 그 사람

의 이성친구를 친구로 인정해줄 수 있다면 상관없다. 그렇지 않으면 포기하는 것이 좋다. 만날 때마다 다투게 될 것이기 때문이다.

• 주위의 평가가 좋아서, 남들이 좋아하니까 당신도 좋아하고 고백을 하는 것은 아닌가? 연애의 주체가 당신 자신임을 잊지 말라.

• 고백하기 전에 섹스부터 했는가? 그 후로 연락이 없는가? 그렇다면 일시적 쾌락으로 만난 사이이므로 그 이상은 생각하지 말라.

• 상대가 허구한 날 시간만 죽이는 사람인가? 매일 PC방이나 당구장, 오락실 등을 전전하면서 시간을 때우고 있는 사람인가? 그 만남은 더욱 힘들어질 뿐이다.

• 과도한 사치를 하는 사람은 아닌가? 과도한 사치에 빠진 사람은 교화하기가 힘들다. 당신도 덩달아 사치에 빠지기 쉽다.

• 그 사람의 친구는 어떤 사람인가? 그 사람의 친구를 보면 그 사람의 기본 성향을 알 수 있다.

• 조그마한 일에도 쉽게 화를 내는 사람인가? 감정을 절제하지 못하는 사람이다. 사소한 일에도 헤어지자는 말을 할 수 있는 사람이다. 더 상처받기 전에 포기하는 것이 좋다.

• 늦은 시간에도 통화를 자주 하는가? 새벽에도 문자를 보내는가? 남자가 밤 10시 이후로, 여자가 새벽 2시 이후로 통화량이 많다면 다른 이성이 있을 가능성이 높다.

위의 점검사항으로 상대를 완전히 파악할 수는 없다. 그러나 최소한 어떤 사람인지 예측할 수는 있다.

상대를 감동시키는 고백의 기술

이제 오랫동안 연애를 하는 과정에 '사랑한다'는 고백을 하는 단계에까지 이르렀을 때 어떻게 고백하느냐에 따라서 연애의 방향이 달라질 수 있다. 드라마나 영화 속에서 화려한 고백 장면이 많이 등장하면서 시시한 고백에는 사람들의 마음이 쉽게 움직이지 않는다. 누구라도 감동을 받아 동의할 수 있는 고백의 기술에 대해서 알아보자.

낭만적인 장소를 물색한다

누구나 빠질 수 있는 고백의 기술에서 첫 번째로 중요한 것은 장소 선택이다. 고백하는 장소를 선택할 때 조용한 장소를 선정해야 한다. 자칫 소음 때문에 상대방이 당신의 고백을 듣지 못할 수도 있다. 또한 분위기가 진지하지 않을 수도 있다. 낭만적이면서도 조용하고 데이트에 적합한 카페를 알아두어야 한다. 그리고 고백을 하기 전에 직원들에게 어떤 음악을 틀지, 어떠한 음식을 어느 타이밍에 준비하면 좋을지 미리 알려주는 것도 성공률을 높이는 기술이다.

감정이 풍부한 밤에 한다

낮보다 밤 9시 이후가 좋다. 밤은 사람의 마음을 감정적으로 만들어주므로 분위기를 조성하는 데 애를 쓰지 않아도 된다. 밤에는 사람들의 이성보다 감성이 움직이게 되고, 사람을 현실적인 상태로 평가하지 않는다. 게다가 실내에 조명을 은은하게 비춰주면 금상첨화다.

고백을 할 때는 특별한 의상을 입자

특별한 날인만큼 의상도 특별히 차려입는다. 상대방이 정말 특별한 날이라고 인식할 정도로 새로운 변신을 시도해보는 것이 좋다. 그러나 이미지에 맞지 않게 너무 화려한 것 또한 좋지 않다.

남자라면 깔끔하면서도 세련된 이미지로, 여자라면 조금 섹시함을 느낄 수 있도록 화장을 하고 옷을 입는 것이 좋다.

마음을 허락하는 색다른 고백을 한다

결정적인 순간에 "저 오늘 특별히 할 말이 있는데 그게 뭐냐 하면……그쪽을 좋아하는데요……."이렇게 우물거리고 만다. 이렇게 어설프게 고백해서 성공할 확률은 극히 희박하다. 좋아하는 마음을 알릴 수 있을지는 모르나 진심이 마음 속 깊이 전달되지는 못한다.

입으로 고백할 용기가 없다면 미리 종이에 적어가서 전달하자. 이때는 반드시 자필로 적는다. 모니터로 작업해서 프린트를 하는 것보다 친필로 적는 것이 더 감동적이다. 진실한 마음을 담아 미사여구를 줄이고 분량은 너무 길지 않게 준비한다. 앞으로의 각오나 다짐들을 몇 문장으로 적으면 된다.

고백할 때 조심할 점

특별한 날을 기억하도록 하기 위해서 선물을 준비하는 것은 좋다. 그러나 너무 비싼 것은 상대에게 부담을 준다. 남성들의 경우 자신감이 없다는 이유로 고백할 때 술의 힘을 빌려서 하는 경우가 종종 있다. 그러나 술을 마시고 고백을 하면 상대가 진지하게 받아들이지 않는다. 술은 용기의 도구이지만 동시에 망각의 도구이기도 하다.

절대 해서는 안 되는 고백법

그(녀)와 오랫동안 사귀고 싶다면 다음과 같은 고백법은 피하자.

첫째, 길을 걷거나 일을 하거나 음식을 먹으면서 고백해서는 안 된다. 특별하지 않은 상황에서 고백을 하면 상대방도 역시 특별하게 받아들이지 않는다.

둘째, 친구를 통해서 하거나 문자로 고백하는 것보다 더 어리석은 행동은 없다. 그 정도의 용기가 없는 사람에게 자신의 마음을 열어줄 사람은 이 세상에 아무도 없다.

셋째, "너 없으면 죽는다, 곧 결혼해야 한다"와 같은 강요식의 고백은 절대 금지다. 표현의 강도가 높을수록 받아들일 준비가 덜 된 상태에서는 부담으로 다가오기 때문이다.

넷째, 야외에서 고백할 때는 날씨도 고려해야 한다. 추운 날 해변에서 고백을 하면 추위로 인해서 고백이 귀에 들어오지 않는다.

다섯째, 첫인상이 좋다고 해서 곧바로 고백해서는 안 된다. 물론 첫눈에 반하는 사람도 있지만 쉽게 믿어주지 않는 사람도 있다. 오히려 이렇게 서두르다가 앞으로 만날 수 있는 기회마저 잃게 되는 경우도 있다.

　마지막으로 첫 번째 고백에 실패하더라도 포기하지 말고 세 번까지 해 보라. 세 번째 고백할 때까지의 만남에서 상대가 당신의 새로운 매력을 발견할 수도 있기 때문이다. 하지만 상대방이 진지한 태도로 거절했다면 깨끗하게 물러나도록 한다. 열 번 찍어서 안 넘어가는 나무는 없지만 사람은 있다. 이런 사람에게 매달려 봤자 자신만 추하게 된다.

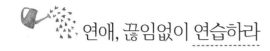

연애, 끊임없이 연습하라

당신의 연애 스타일을 알아보자

당신은 지금 땀을 엄청 많이 흘리는 꿈을 꾸고 깨어났습니다.

당신이라면 어떤 꿈으로 땀을 뻘뻘 흘리게 되었을까요?

1. 산더미 같이 쌓인 일을 하는 꿈

2. 굉장히 힘들게 운동을 하는 꿈

3. 아이돌 스타가 되어 팬들에게 쫓기는 꿈

4. 이유는 모르지만 선생님이나 직장 상사에게 심하게 혼나는 꿈

- 당신의 연애 타입은 "성실"

  당신은 상대 이성에게 매우 성실한 타입입니다. 성실하게 한결같은 사랑을 쏟는 당신은 순수한 사랑을 갈구하는 '순수파'입니다. 당신의 진실한 마음을 알아줄 수 있는 넓은 마음의 이성을 만나면 금상첨화의 사랑을 이룰 수 있습니다. 조금은 끈기 있는 사랑이 필요할 수도 있습니다. 늘 한결같은 마음이라는 것을 상대가 확인할 때 결코 떨어질 수 없는 깊은 사랑을 하게 되는 타입입니다.

- 당신의 연애 타입은 "활동적"

  당신은 늘 밝고 즐거운 연애를 원하는 타입입니다. 당신은 항상 건강한 삶을 살아가려고 애쓰며 사랑도 삶의 태도만큼 건강하고 즐겁게 지내려는 '활동파'입니다. 이성 간에 밝고 활동적인 즐거움을 추구하는 것은 과거가 가볍게 비춰질 수 있으니 주의가 필요합니다. 가끔은 진지하게 사랑하고 있다는 표현을 직접적으로 해서 관계를 한 차원 높게 발전시킬 수 있습니다.

- 당신의 연애 타입은 "열정파"

  한마디로 당신은 언제나 힘차게 달리는 육상선수와 같이 지칠 줄 모르는 '열정파'로 열정적인 사랑을 추구하는 타입입니다. 상대는 당신의 그러한 열정적인 모습에 쉽게 반해버립니다. 불꽃과 같은 사랑이 되지 않도록 화염의 크기를 잘 조절하는 지혜가 겸비된다면 당신은 그 누구보다도 행복한 사랑을 할 수 있습니다. 하지만 쉽게 타오른 불꽃은 쉽게 꺼지는 법! 상처가 클 수도 있으니 조심하세요.

- 당신의 연애 타입은 "일편단심"

언제나 한결같이 변함없는 사랑을 하려는 당신은 '일편단심파'입니다. 사랑하는 사람이 생기면 푹 빠져서 늘 그 사람만을 생각하며 바라보는 타입입니다. 청순한 사랑을 원하기 때문에 상대의 마음을 애써 뺏으려 하기보다는 참고 인내하며 기다리는 스타일입니다. 상대가 자신의 사랑을 알고 다가올 때까지 기다리는 것이지요. 혹시 지금 짝사랑을 하고 있지는 않나요? 늘 바라만 보는 것이 좋은 결실을 가져다 주지는 않습니다. 바라보는 것만으로도 족하다면 모르겠지만 당신이 원하는 사랑을 이루기 위해 조금 용기를 내어 상대에게 다가서 보세요.

'자신감'은 매력 어필의 필수조건

전 세계적으로 큰 인기를 누린 미국 드라마 〈Sex and the city〉에 이런 에피소드가 나온 적이 있다.

능력이면 능력, 외모면 외모 다 갖춘 남부러울 것 없는 차도녀 사만다가 자신이 수용할 수 없는 치명적 단점을 가진 한 남성과 몇 번의 만남을 갖는다. 그 단점은 바로 자신보다 키가 작다는 것. 사만다가 남성을 평가

하는 기준으로 본다면 그 남성은 결코 두 번 이상 만날 필요가 없는 사람이었다. 그럼에도 그녀가 그를 몇 번씩이나 만났던 이유는 그가 가진 '자신감' 때문이었다.

키는 작지만 위트 있고 자신감 넘치는 자신만의 매력을 어필한 덕분에 그는 사만다가 그때까지 만났던 남성들 중 '가장 오래 만난' 남성으로 기록된다.

자신감은 사람의 첫인상과 호감도를 좌우하는 중요한 요소 중 하나다. 자신의 단점까지 커버할 정도로 자신감 넘치는 모습은 상대방에게도 매력으로 비춰진다. 자신이 어떤 사람이건, 어떤 부족함을 느끼고 있든 간에 그런 것들에 신경 쓰고 위축되지 말자. 상대는 내가 느끼는 나의 부족함을 모른다. 일부러 먼저 나의 부족함을 알릴 필요는 없다. 친해질수록 서서히, 자연스럽게 받아들일 수 있는 관계를 쌓는 것이 중요하다.

오히려 개의치 않고 있는 그대로의 자신 있는 모습, 내 부족함을 나 스스로 잘 극복해내는 모습을 보일 때 상대는 당신에게 매력을 느끼게 될 것이다. 그러므로 마음에 드는 상대에게 나를 제대로 어필하고 싶다면, 나에 대한 믿음과 애정에서 비롯되는 자신감을 갖고 당당한 태도를 갖추는 것이 기본이 되어야 한다.

한편 자신감과 오만함은 종이 한 장 차이다. 당당한 모습은 좋지만, 결코 넘어서는 안될 선을 넘지는 말자. 오만한 사람은 호감을 얻기 어렵다. 이 점을 항상 명심해야 한다.

상대방을 알아야 연애가 성공한다

필자의 지인 H씨로부터 들은 이야기다. H씨는 장기 연애 중인 35세 미혼 여성이다. 연애 기간만 무려 7년, 주위에서 '왜 결혼 안 하냐'는 이야기가 심심찮게 들려올 때였다. 그녀는 그럴 때마다 웃으며 "아직 결혼할 때가 아니다"라며 질문에 답을 대신하곤 했다. 어느 날 H씨와 둘이서 이야기를 나눌 기회가 생겼다. H씨는 감춰뒀던 속마음을 풀어놓았다. "결혼을 생각하니 머리가 복잡하다"고 했다. 장기 연애 중인 남성을 아주 많이 사랑하고 신뢰하곤 있지만 막상 결혼을 생각하면 '더 좋은 사람이 있지 않을까?', '이렇게 물 흐르듯 결혼해도 되는 걸까?'라는 생각이 든다고 했다.

객관적으로 봤을 때 H씨의 연인은 소위 스펙 면에서나 인성 면에서 부족함이 없는 사람이었다. 그리고 무엇보다도 H씨를 가장 사랑해주고 아껴주는 사람이었다. 두 사람은 서로 아주 잘 맞았고, 긴 시간 함께하며 깊은 유대 관계를 갖고 있었다. 그런 견해를 조심스럽게 내놓자 H씨는 "요즘 세상에는 그것만으로 충분하지 않다는 생각이 든다"며 자신의 지나친 욕심이 스스로를 괴롭게 만드는 것 같다고 털어놓았다. 결혼에 경제력, 직업 같은 요소가 필수 조건이라는 것에는 필자도 동의하는 바이다. 사랑만으로 행복하기란 참으로 어려운 세상이다.

결혼을 '잘'하고, 행복한 결혼생활을 꾸려가기 위해서는 상대방의 인성, 가치관부터 직업, 경제력, 가정환경 등 다양한 요소를 고려하는 것이 어찌 보면 당연한 일이다. 전혀 다르게 살아온 두 사람이 만나 평생을 함께 사는 일인데 서로 원하는 인생관이 같은지, 함께 만들어 갈 인생을 무리 없이, 큰 갈등 없이 일구어 나갈 수 있을 것인지에 대한 고민을 하는 것은 당연하다. 그러나 H씨의 고민은 조금 다르게 보였다. 가장 중요한 것은 당사자 생각이며 두 사람의 인생관이다. 다른 사람에게 어떻게 비춰질지, 이 세상의 잣대에 맞는 삶을 살아갈 수 있을지에 초점이 맞춰져선 안 된다. 자기 자신이 진정으로 무엇을 원하는지에 대해서도 조우해 보지 못한 채 세상의 눈만 의식해서는 행복에 가까워지기 어렵기 때문이다. 조금 더 자신의 내면을 깊숙이 들여다보고 내가 원하는 삶은 무엇인지, 나는 어떤 사람과 있을 때 가장 나다울 수 있는지, 무엇이 내게 가장 중요한 '결혼의 조건'인지를 차분히 생각해봐야 한다. 물론 '결혼의 조건들'은 매우 중요하다. 하지만 너무 완벽한 것, 타인의 눈에 의해 좌우되고 평가되는 것에만 의지한 채 내가 진정으로 원치 않는 조건들에만 초점을 맞추지는 않았으면 하는 바람이다.

# 평생지기 내 짝 찾기

연애를 하자면 연애를 할 수 있는 상대가 필요하다. 그런데 내 짝은 도대체 어디에 있는 것일까? 세상의 절반은 남자고, 절반은 여자라고 하는데 그 짝을 찾기가 왜 이토록 힘이 드는 것일까?

먼저 자신의 생활패턴을 살펴보자. 생활패턴이 직장(학교), 집 그리고 가끔 친구들과의 만남이라면 연애의 기회는 좀처럼 오지 않는다. 내 짝은 운명으로 만난다는 생각을 한다면 그 사람 역시 연애의 기회가 오지 않는다. 자신의 힘으로 연애의 기회를 만든다고 생각할 때 그 기회는 찾아오기 마련이다.

자신의 힘으로 연애의 기회를 만들기 위해서는 우선 '집에만 있지 않는 것'이다. 동행인이 없더라도 혼자서 사람들이 많이 모이는 장소를 찾아다니고, 적극적으로 자신의 모습을 드러내야만 연애의 기회가 찾아온다.

아무리 외모가 뛰어나고 일로 성공한 사람이라도 집에만 틀어박혀 있으면 연애의 기회는 결코 오지 않는다. 얼마나 다양한 접촉과 만남을 갖느냐에 비례해서 연애의 기회도 온다는 것을 잊어서는 안 된다.

이성을 만날 수 있는 곳에 가라

결혼정보회사는 어찌 보면 만남이 흔한 곳이다. 만남의 기회가 많다는 것이 사람을 보는 안목을 갖게 한다거나 자신이 찾던 상대를 만날 수 있는 확률을 높여준다는 장점도 있지만, 습관적인 만남에 길들여지다 보니 그 소중함을 잊게 하는 점도 있다. 말하자면, 이 사람이 괜찮은 것 같다는 느낌이 드는 경우에 더 만나면서 그 느낌을 확인하는 사람이 있는가 하면, 다른 사람을 더 만나봄으로써 결정하는 사람이 있다. 우리는 후자를 '습관성 만남 중독'이라고도 한다. 이런 경우는 대개 만남만 수십, 수백 번 반복하다가 결국 지나간 세월, 떠나간 사람들을 아쉬워하게 된다. 만남의 기회가 많다는 것에 대한 남녀의 생각은 어떨까?

남성 1   강한 확신이 없다. 그런데 다른 사람 만날 기회가 있다. 그렇다면 보통은 '지금 만나는 사람보다 더 나은 사람이 다음에는 나오지 않을까?' 하는 생각을 하게 된다. 저울질을 해서라기보다는 굳이 다른 사람을 안 만날 이유가 없다는 거다.

여성 1   여러 사람을 만날수록 처음보다 좋은 사람이 나온다는 보장은 없다. 오히려 현재 만나는 사람에게서 한 가지라도 더 좋은 점을 찾아서 정을 들이는 게 훨씬 나을지도 모른다.

남성 2   내 경우는 뒤에 좋은 사람이 나온다는 기대보다는 주어진 만남의 기회를 최대한 활용해서 좋은 사람을 만나자는 생각을 하게 된다.

여성 2   만남의 소중함을 잊게 되고, 그래서 더 선택하기가 어려운 것 같다.

여성 3   자신의 인연을 찾기 위해 만남의 기회를 많이 갖는 것은 공감한다. 하지만 그 정도가 지나치면 소모적이랄까? 지치게 된다.

남아메리카의 한 부족은 딸이 결혼할 때가 되면 아버지가 딸을 옥수수밭으로 데려가서 제일 괜찮은 옥수수를 골라오라고 시킨다. 거기에 맞는 신랑감을 골라준다는 의미다. 그러나 딸들 대부분은 썩은 옥수수나 아예 빈 바구니로 밭에서 나온다고 한다. 좋은 옥수수를 봐도 더 좋은 것을 찾느라 그냥 지나치다가 결국은 빈손으로 끝까지 오고 마는 것이다.

인생에서 가장 중요한 것은 바로 이 순간이다. 바로 이 순간, 내가 만나는 사람에게 최선을 다할 때 좋은 결과가 있는 것이 아닐까?

"그것은 입을 귀로 여기는 비밀이자 꿀벌의 윙윙거림만 들리는 무한의 순간. 꽃의 달콤함을 맛보게 해주는 결합, 서로의 마음을 호흡하고, 입술 끝으로 서로 영혼을 맛보는 방식이 아닌가요! 입맞춤, 그것은 너무도 고귀해 프랑스의 여왕도 귀족 중 가장 행복한 자에게 한 번 맛볼 수 있게 했소. 여왕조차도!"

이처럼 이상형과 사랑에 빠지면 〈리히텐슈타인의 키스〉 그림처럼 꿀벌의 윙윙거림만 들리는 무한의 순간을 느끼게 될 것이다.

처음부터 모든 패를 다 보여주지 말자

주변에는 쾌활하고 털털하며 시원시원한 성격이 매력인 여성들이 많다. 물론 여성의 그런 매력을 선호하는 남성들도 있지만 그래도 어디까지나 대세는 '여성스러움'이다. 또 사랑하는 사람 앞에서는 아무리 털털한 여성이라도 한없이 애교스럽고 여성스러워지는 경우가 있기도 하다. 이처럼 자신이 아무리 시원하고 털털한 성격을 가진 여성이라도 남성 앞에서는 이성으로서 최소한의 여성적 매력과 여지는 남겨두어야 한다.

공대에 흔치 않은 한 여대생 H씨가 있다. 워낙 주변에 남학생들이 많고 성격도 털털하다 보니 주위엔 온통 그녀를 '형'이라고 부르는 남학생들과 친하게 지내는 동기들이 넘쳐난다. 평소 H씨에게 호감을 갖고 있는 남성 S씨는 H씨에게 자상하게 대해주기도 하고 알게 모르게 많이 챙겨주곤 하지만 H씨는 전혀 눈치채지 못하는 것 같다. 그녀에게 S씨는 마치 의형제와 같은 좋은 '형'일 뿐이다. 한번은 S씨가 H씨의 마음을 떠보기 위해 이렇게 물었다.

"만약 우리 과에서 널 좋아하는 사람이 있다면 어쩔 거야?"

그러자 H씨는 단호하게 이렇게 대답하는 것이 아닌가.

"에이, 형! 우리들 사이에 그런 감정이 생길 수가 없죠. 분위기만 이상해질 걸요?"

S씨는 오늘도 그녀에게 마음을 전하기는커녕 거리감만 느끼고 말았다.

여기서 필요한 게 바로 '여지'라는 것이다. H씨는 자신을 좋아하는 팬찮은 이성을 눈앞에 두고도 알아채지 못하고 있는데다, 가까워질 수 있는 기회를 스스로 차단하고 있다. 항상 이성이 자신에게 다가올 수 있도록 여지를 남겨두는 여유가 필요하다.

인터넷을 이용하자

인터넷으로 연애의 기회를 찾는다고 하면 대부분의 사람들은 '채팅'을 생각한다. 그리고 그런 방법으로 만남이 오래 지속되겠느냐는 의문을 갖는다. 사실 채팅으로 만난 사이는 실제 실망하는 수가 많다. 사진으로 보면 괜찮을 것 같아서 실제 만나보니 사진과는 다른 모습이고, 돈이 많은 줄 알았는데 알고 보니 그렇지 않아서 실망하고 헤어지는 경우가 많다. 또 채팅으로 만나는 사람들은 거의가 순수한 만남이기보다는 음흉한 목적으로 만나는 경우도 많다.

하지만 채팅이 아니더라도 온라인 모임이나 미니 홈피, 메신저 등이 있기 때문에 인터넷을 통해 충분히 연애의 좋은 기회를 만들 수 있다. 그리고 온라인 모임은 오프라인 모임으로까지 이어지므로 더 쉽게 이성을 만날 수 있다. 또한 정보의 시대답게 상대방에 대해서 알고 싶으면 얼마든지 알아낼 수 있으므로 생판 모르는 사람이라면 어떤 식으로 온라인 인맥을 만들 수 있는지 살펴보아야 한다.

용감하게 헌팅으로 내 짝을 찾자

헌팅은 자신의 이상형과 가장 가까운 상대를 찾는 좋은 방법이다. 하지만 말처럼 헌팅이 쉬운 방법은 아니다. 우선 상대방이 받아줄지 미지수이며 자칫 실패하면 자존심만 상한다. 따라서 많은 사람들이 이런 이유로 헌팅을 꺼린다.

헌팅에 성공하기 위해서는 무엇보다도 긍정적인 이미지와 용기, 자신감이 필요하다. 헌팅의 기본적인 방법으로는 직접 말을 거는 것과 쪽지를 건네주는 방법이 있다.

마음에 드는 이성을 발견하면 꾸물대지 말고 동태 정도만 파악한 후 용기와 자신감을 가지고 직접 말을 건넨다. 상대방에게 "잠시만요" 등의 신호를 보낸 다음 "하고 싶은 말이 있는데 연락처 좀 알려주시면 안 될까요?" 하면서 자신의 휴대전화를 꺼낸다.

상대방이 당황하면서 잠시 머뭇거리더라도 두려워하지 말고 자신의 의사를 적극적으로 표현하라. 그러나 상대방이 받아주지 않거나 거절한다면 무안한 표정을 짓지 말고 "실례했습니다"라고 정중히 말한 다음 물러서라.

쪽지를 건네는 방법은 직접 말을 걸기가 곤란한 상황이거나 용기가 부족할 때 시도해볼 수 있는 방법이다. 자신의 연락처와 메일 주소를 적은 쪽지를 상대방에게 건네주고 연락이 올 때까지 기다려 본다. 이때 메일 주소를 꼭 적는다. 휴대전화번호만 달랑 적으면 직접 전화를 걸어야 하므로 상대방이 부담을 갖게 된다. 따라서 부담이 적은 메일 주소를 함께 꼭 적어 둔다.

쪽지를 건네는 입장이라면 인내심을 갖고 기다려야 한다. 주자마자 바로 연락할 것이라고 생각하는 것은 착각이다. 일주일이나 열흘 정도 기다린다는 느긋한 마음을 갖는 것이 좋다. 하지만 그 시간이 지나면 연락이 올 확률이 적으므로 포기하는 것이 좋다.

학교나 직장 같은 공간에서 연인 만들기

먼저 자신의 주위 사람들부터 관심을 가지고 살펴보라. 그동안 관심이 없었던 사람이나 오늘 별로였던 사람이 내일 어떻게 달라보일지는 아무도 모른다.

학기 초 대학에서는 예쁜 여학생에게만 모든 남학생들의 관심이 쏠린다. 그러나 학기 말에는 대부분 남학생들이 자기 짝을 갖게 된다. 학기 초에는 별로 매력이 없어 보였던 여학생이 지내면서 새롭게 보이게 되고, 그 사람만의 장점을 발견하게 되어 매력적으로 느끼는 일이 생기게 되기 때문이다.

같은 동아리나 같은 과, 같은 회사나 같은 팀처럼 한 공간에서 많은 시간을 보내는 사람끼리는 연애를 시작하기 전에 좀 더 신중해야 한다. 잘못했다가는 자주 마주치게 되어 어색하게 되고, 주위 사람들과의 관계에도 신경을 써야 하기 때문이다. 연애 당사자들 때문에 그 조직이나 공간에 피해를 줄 수 있으므로 연애의 시작은 물론 끝도 잘 맺어야 한다.

준비된 소개팅은 성공률이 높다

소개팅도 준비하는 사람이 성공할 확률이 높다. 그런 의미에서 미팅 전에 반드시 준비해야 할 첫 번째 요소는 성격이다. 의외로 소심한 성격 때문에 상대방에게 말을 제대로 하지 못하는 경우가 많기 때문이다. 특히 여성 앞에서 더 소심해지는 것 같다면 소개팅에 앞서 하루 빨리 소심한 성격을 고치려 노력해본다.

두 번째 요소는 내가 좋아하는 취미보다는 상대방이 좋아하는 취미를 먼저 알아보고 취미를 공유할 수 있는 방법을 찾아보는 것이다. 점점 나이를 먹고, 미래를 준비해야 할 때가 오면 자신이 좋아하는 일보다는 같이 할 수 있는 것을 찾거나 상대에 맞춰주고 상대가 좋아하는 성격으로 바뀌도록 노력하는 모습을 보여준다.

셋째, 미리 데이트 코스도 짜고 만반의 준비를 해야 한다. 소개팅에 성공하기 위해서 인터넷을 검색해보고 관련 카페에 들어가 다양한 간접적

경험에 대한 코칭도 받아보고, 여러 준비들을 미리 해두면 데이트 날이 기다려진다. 남성의 경우는 상대가 어느 정도 마음에 들면 급호감이 생기고 좋아하는 마음이 커지는데 여성의 경우는 천천히 잘 알아보고 주변의 평가도 들어보는 등 좋아하는 마음이 생기기까지 시간이 필요하다.

어른들의 말씀처럼 여성은 밥 한 끼 잘 먹고 영화나 보러, 그야말로 시간 좀 때우려고 소개팅에 나왔을 수도 있다. 첫 소개팅에서 별로인 남성을 한 번만 더 만나보자 해서 두 번째 만남을 가졌는데 기대에 부응하지 못해서 아웃한 경우도 있을 수 있다. 남성은 급한데 여성은 여유로운 것, 그것이 연애다. 빨리 사귈 수 있고 빨리 헤어질 수도 있지만 천천히 알아보고 확신이 서면 사귀고, 헤어질 때도 서서히 알게 모르게 헤어지는 것이 여성인 것 같다.

여성들의 경우 남성을 서서히 두고 보다가 괜찮으면 오케이 한다. 한두 번의 만남에서 바로 사귀는 데까지 발전하기는 불가능하다. 연예인급 아우라를 내뿜는다거나 기가 막힌 바람둥이라면 몰라도 대부분은 친해지기까지 시간이 걸린다. 소개팅이 아닌 친목 모임이나 동아리 활동을 통해서도 마음에 드는 상대를 찾아보라. 또 나에게 호감을 보이는 상대도 유심히 봐두면서 평소에 '괜찮은 상대다'라는 인상을 심어둘 필요가 있다.

남성들이 우연히 마음에 드는 여성과 마주쳐서 인사라도 하거나(우연이 아닌 계획된 필연이다) 어려운 일이 있을 때 도와주거나(금전 제외) 상대에게 잘 보여서 애프터 수락을 받고 또 다음 애프터를 신청하게 되는 이런 식의 방법은 남성이 너무 약자의 입장에서 시작하는 것이니 동등하게 시작해야 한다.

데이트도 가능한 한 여러 번 해보면서 사람 보는 눈을 키워야 한다. 젊을 때 이 사람 저 사람 조건, 환경을 가리지 말고 다양하게 만나봐야 어떤 사람이 좋은지 안다는 말은 어느 정도 진실이다. 사람마다 다른 개성과 성격을 가지고 있으니 내 스타일에 맞는 사람을 찾아야 하는 것이다. 무엇보다 내가 더 능력 있고 매력 있고 섹시해져야 하며 미래에도 비전이 있고 나이 들어도 멋스러움이 있는 사람으로 자신을 틈틈이 가꾸고 나면 어떤 사람을 만나도 자신감이 생기고 어떤 소개팅과 데이트에도 성공률은 높아질 수 있을 것이다.

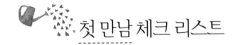# 첫 만남 체크 리스트

첫 만남 이전에 기대감과 설렘이 이어지는 데이트 그리고 애프터 신청, 성공하는 결혼까지 사전 교육이 필수지만, 원하는 이성을 만났을 때 연애에서 실패를 줄이는 전략적인 차원에서 미팅 성공 전략을 알아두면 좋은 결과를 얻을 수 있을 것이다.

이성과의 첫 만남을 앞두고 있는 당신, '기회는 준비된 자의 것'이라는 말도 있듯 철저한 사전 준비는 미팅 성공률을 높이는 필수 작업이다. 첫 만남에서 실수하지 않도록 필수 체크 리스트 6가지를 미리 확인하자.

● 약속 시간 · 장소 확인

약속 시간을 보면 그 사람의 성격을 알 수 있다. 첫 만남부터 만남 장소에 늦게 도착한다면 신뢰가 깨진다. 그러지 않기 위해 정확한 약속 시간과 장소, 교통 상황과 이동 경로 등을 확인해두고 평상시보다 1시간 앞서 준비를 한다.

● 상대 프로필 파악

상대방에 대한 기본적인 프로필을 모르고 미팅 장소에 나와 상대에게 꼬치꼬치 캐물어 큰 결례를 범하는 경우가 있다. " 이 사람 여기에 왜 나왔지" 상대는 이런 생각으로 마음의 문을 닫아 버릴지 모르니 상대의 정보를 미리 숙지하고 있어야 원활한 대화가 가능하다.

● 의상 및 소품 준비

의상 및 예쁜 액세서리 등 소품의 준비는 상대에게 좋은 호감을 안겨줄 수 있다. 약속 시간에 임박해서 입고 갈 옷가지와 가방을 준비하지 않도록 미리 의상과 액세서리를 준비해두고 한 번 입고 거울에 비춰보거나 혹은 가족에게 카운슬링을 받아보도록 하자.

● 미팅 코스 및 주변 동선 확인

여자는 남자가 알아서 데이트 코스와 음식 메뉴를 정하기를 원한다. 그래서 남성이 미팅을 주도하게 되는 경우에는 여성 파트너로부터 점수를 많이 받는다. 미팅 코스와 동선을 미리 파악해두고, 차량은 세차를 하고 상대 여성이 귀한 대접을 받고 있다는 생각을 하게 하거나 이용할 곳의 발리파킹 등 주차 여부까지 확인해둔다.

● 대화 리스트 준비

그날 대화가 끊기면 어색한 느낌이 든다. 그날의 대화 내용이나 취미 그리고 재미있는 유머를 준비하여 즐겁고 유쾌한 데이트를 만들어 보자. 첫 만남의 어색함은 준비하지 않아서 비롯되는 경우도 있다. 서로가 편히 즐거운 대화를 나눌 수 있도록 대화 주제들을 준비한다.

● 필수 소지품 준비

약속 시간이 가까워 오면 당황스러워 생활 필수품을 빠트릴 수 있다. 손수건, 지갑(카드 및 현금), 수정용 화장품, 향수, 차 열쇠 등 필요에 따라 반드시 챙겨야 할 소지품들을 체크한다.

호감을 주는 미팅 에티켓

이성과의 설레는 첫 만남! 긴장되는 마음에 나도 모르게 잊어버리기 쉬운 필수 에티켓들을 소개한다. 기억하자. 필수 에티켓만 잘 지켜도 매너 좋은 상대로 기억될 수 있다.

● 약속 시간 엄수

첫 만남에 약속 시간 엄수는 기본 중에 기본이다. 특히 여성들의 경우 '상대보다 늦게 도착해야 좋겠지?'라고 생각하는 경우가 많은데 첫 만남부터 늦는 것은 예의에 어긋나므로 남녀 관계없이 약속 시간보다 10~20분 일찍 도착하여 책을 읽는 모습은 좋은 인상을 주게 한다.

● 대화 매너(미팅 상대와의 대화 시 명심해야 할 5가지 필수 에티켓)

교만하지 않도록 겸손하기

상대의 말에 귀기울이며 집중하기

아이컨택, 시선 맞춰 공감하기

적절한 리액션(공감하기)은 상대에게 호감을 안겨준다.

정치 혹은 종교 얘기 등 민감한 주제 피하기

● 테이블 매너(너무나 당연하지만 잊기 쉬운 테이블 매너)

창가나 경치가 보이는 좋은 좌석을 여성에게 양보한다.

여성이 앉길 기다린 후 착석하면 좀 더 매너 있게 보일 수 있다.

메뉴를 미리 숙지해 가면 주문 시 도움이 된다.(이동이 많은 뷔페, 먹기 불편하고 많이 묻는 음식 등은 피한다)

종업원을 대할 때도 예의를 갖추면 인성이 된 사람으로 비춰진다.

음식을 먹으면서 말하지 않는다.

급하게 먹거나 너무 많은/적은 양을 먹지 않도록 유의한다.

음식을 먹을 때 소리가 나지 않도록 유의한다.

필요에 따라 포크/나이프 등의 사용법을 숙지해 두면 도움이 된다.

● 기타 데이트 매너(헤어지는 그 순간까지, 의식하고 있어야 할 데이트 매너)

계산에 있어서는 각자 센스 있게 대처한다.(소극적인 여성일지라도 커피 정도는 먼저 나서서 계산하는 센스를 발휘한다)

길을 걸을 때는 남성이 차도 쪽에 서서 걷는다.

문을 열고 들어갈 때/나갈 때는 남성이 문을 잡아준다.

여성이 스커트를 입고 있을 경우, 계단 이용 시 남성이 앞장선다.

헤어질 때 남성이 근처 지하철역이나 버스 정류장까지 동행해주는 것이 좋다.

헤어질 때 건넬 인사말을 미리 준비한다.(의미 없는 끝인사보다는 "덕분에 정말 즐거웠어요", "다음번엔 OO에서 만나면 어떨까요?" 등 진심을 담은 말을 전한다)

● 미팅 시 '비 매너 유형' BEST 10

'비 매너 유형'에 대해 숙지하고 이를 피하고자 노력하는 것만으로도 상대방에 대한 최소한의 예의와 에티켓은 지킬 수 있다.

1. 약속 시간을 지키지 않는 사람

2. 의상은 그 사람의 첫 인상과 직결되므로 옷차림에 무성의하지 않도록 한다.

3. 첫 만남부터 실례되는 질문이나 농담을 하는 사람(학벌, 종교, 연봉, 과거 연애경험, 신체 사이즈나 콤플렉스 등)

4. 매우 단호하고, 호불호가 강한 사람

5. 과거의 영웅담을 늘어놓거나 지나치게 잘난 척 하는 사람

6. 상대방 이야기에 집중하지 않거나 무관심한 사람(휴대폰을 손에서 놓지 않는 사람, 같은 질문을 반복하는 사람, 단답형, 중간에 말을 끊는 사람 등)

7. 미팅에 대한 사전 준비 없이 나온 사람(주제, 데이트 코스, 교통편, 메뉴, 대화내용 등 아무런 사전 준비 없이 나온 사람)

8. 첫 만남부터 계산할 때 "이번에는 내가 살 테니, 커피는 사실 거죠?"

하는 사람

9. 기본 에티켓조차 지키지 않는 사람.(식사 매너 무시, 상대방의 동의 없는 흡연 등)

10. 첫 만남부터 지나치게 적극적인 사람

● 대화 매너의 '나쁜 예'

'척' 하는 사람(있는 척, 잘난 척, 자랑과 허세)

대화에 집중하지 않고 휴대폰을 만지작거리거나 대화 도중 한눈팔기

공감과 소통이 없는 본인 위주의 대화

실례되는 농담이나 콤플렉스 자극

상대방을 배려하지 않는 질문 반복

지나치게 억지 주장이나 일방적 행동

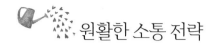

원활한 소통 전략

원활한 대화를 위한 애티튜드 & 화법

미팅 자리에서 진솔한 모습을 보여주는 것도 중요하지만, 의식적으로 자신의 태도와 말투 등을 신경 쓴다면 더욱 호감 가는 모습으로 비춰질 수 있다.

밝은 표정과 시선 맞춤

밝은 표정은 좋은 인상을 주고 호감을 형성하는 데 도움을 준다. 대화 주제에 따라 적절한 표정 관리는 필수적이다. 또한 대화 시 눈 맞춤은 기본이다. 시선을 피하거나 다른 곳을 보며 이야기하는 것은 호감을 떨어뜨린다.

목소리

첫인상의 결정 요소는 시각적인 것 다음으로 청각적인 부분에 있다고 한다. 너무 크거나 작지 않은 목소리 크기를 유지하고, 친절하고 상냥한 말투로 말할 수 있도록 한다.

경청&리마인드

상대방의 말을 경청하고, 귀담아 듣도록 한다. 다른 대화를 이어갈 때 상대방이 이전에 했던 말을 인용하거나 상기해주면 상대방은 '내게 집중하고 있구나'라고 느낄 것이다.

바른 자세와 몸짓

단정하고 바른 자세를 유지하되 너무 딱딱해 보이지 않도록 말할 때 적당한 손짓을 섞어주는 것도 좋다. 등받이에 기대앉기보다 맞은편에 앉은 상대방을 향해 상체를 살짝 기울여주면 상대에게 '주목 받고 있다'는 느낌을 줄 수 있다.

적절한 리액션

대화는 한 사람에 의해 이루어지는 것이 아니듯, 원활한 소통을 위해서는 서로 '주고받는' 대화가 이루어져야 한다. 상대방의 말에 적절한 리액션과 공감을 해주면 대화가 매끄러워지고 대화의 영역도 넓혀갈 수 있다.

칭찬하기

칭찬은 어색함을 이기고 좋은 분위기로 끌어갈 수 있는 효과적인 방법이다. "인상이 참 좋아 보여요", "웃는 얼굴이 참 예쁘시네요"와 같은 가벼운 칭찬으로 대화의 문을 열어보자. 단, 상대방이 민감해 할 수 있는 지나치게 구체적인 칭찬은 피한다. 남녀 누구든 먼저 칭찬거리를 찾아 칭찬을 해주면 칭찬이야말로 먹는 보약과도 같아 소통과 공감을 이루게 해주고 친밀감을 느끼게 해준다.

즐거운 대화를 위한 대화 주제

무겁지 않고 가볍지만 그만큼 편안하게 서로에 대해 알아갈 수 있는 대화 주제로, 보편적이고 거리낌 없는 것이어야 한다.

취미와 일상

평소 즐겨 하는 취미생활과 좋아하는 일, 주말 계획 등에 대해 대화를 나누다 보면 서로의 성격과 취향에 대해 파악하기 쉽다.

직업과 일에 관한 대화

출퇴근 시간이나 주로 하는 업무에 대해 무겁지 않은 가벼운 대화를 이어간다.(수입, 직장 규모 등 민감한 주제는 피한다)

좋아하는 것 VS 싫어하는 것

좋아하거나 싫어하는 음악이나 영화 장르, 아티스트 등에 관한 대화로 서로의 취향을 알아본다.

여행

여행을 좋아하는지, 그동안의 여행 경험과 앞으로의 계획, 가고 싶은 여행지 등은 대화를 끌어갈 수 있는 좋은 주제가 된다.

좋아하는 음식

좋아하는 음식, 단골 가게, 추천하고 싶은 맛집 등에 대한 대화도 가볍지만 추후 데이트에도 반영할 수 있는 좋은 정보다.

이상형

직접적으로 묻는 것보다 "평소 어떤 스타일의 남성(여성)을 좋아하세요?"라고 부담스럽지 않게 질문을 건넨다. 상대방의 이상형을 파악할 수 있고, 나에 대해 얼마나 호감을 갖고 있는지도 확인해 볼 수 있다. 나 역시 상대방에게 맞춰서 이상형을 적절히 제시한다면 간접적으로 호감을 표현할 수 있다는 점을 기억하자.

꿈과 미래 그리고 최근 관심사

꿈과 미래 그리고 최근 관심사에 대해 물어보고, 그 주제에 맞추어 대화를 전개한다.

민감한 주제는 피한다

과거 연애 경험, 정치, 종교, 특수한 나만의 기호(상대방이 공감하기 어려운 분야), 상대방에 대한 지적, 성적인 농담, 비방 등 부정적인 내용, 지나치게 사적인 질문 등은 피하자.

스타일링 TIP

성공적인 미팅을 위한 스타일링 팁을 소개한다. 몇 가지 원칙에만 충실해도 스타일리시한 썸남·썸녀로 변신할 수 있다.

• 미팅 성공을 위한 패션 전략 3원칙!

내게 어울리는 스타일과 컬러를 선택한다.

T.P.O(시간, 장소, 상황)에 맞는 스타일링을 고르자.

무엇이든 지나치면 독이 되는 법! 기본에 충실하자.

자신만의 스타일에 충실하거나 멋을 강조하는 것도 좋지만 시간·장소·상황에 맞는 스타일링이 가장 중요하다. 미팅 자리에 어울리는 단정하고 깔끔한 느낌의 의상을 준비하되 너무 딱딱하지 않은 캐주얼 정장, 세미 정장 등의 스타일링을 추천한다. 트렌드를 반영하거나 패션 소품을 이용해 본인만의 개성을 표현하는 것도 좋다.

• 나를 알고 적(?)을 알면 백전백승!

최상의 스타일링을 위해서는 나에 대한 연구가 선행되어야 한다. 내 피부톤에 맞는 컬러, 내 체형에 맞는 의상, 내 신체 콤플렉스를 커버하는 기술 등을 미리 파악해두면 내게 가장 어울리는 최적의 스타일을 찾을 수 있다. 이를 기본으로 미팅 스타일링을 발전시켜 나간다.

• 여성 미팅 의상의 제1콘셉트는 '여성스러움'

여성스러움을 강조하는 스타일을 선호하지 않는 사람도 많지만 'TPO'를 떠올려 본다면 가장 기초적인 스타일은 여성스러움이 느껴지는 의상일 것이다. 때문에 여성들이 미팅에 가장 선호하는 의상은 원피스다. 원피스가 아니더라도 사랑스러운 느낌을 줄 수 있는 파스텔 컬러의 블라우스를 스커트와 코디한다면 TPO에 맞는 선택이 될 것이다.

• 의상, 적절한 패션의 경계는 '정장과 캐주얼 사이'

의상은 편안하고 자연스러운 게 좋다. 지나치게 격식에 맞춰 차려입은 딱딱한 의상은 상대에게 오히려 부담감을 줄 수 있다. 그렇다고 편안함을 고집할 수도 없는 것이 미팅 자리. 그러므로 정장, 청바지, 운동화, 사파리 패션, 레깅스 등은 지양하도록 한다. 하나의 컬러로 통일 되지 않은 캐주얼 정장 스타일에 포커스를 두고 의상을 준비한다면 세련되면서도 부담스럽지 않은 의상을 연출할 수 있다.

• 나만의 스타일링도 좋지만 기본에 충실하자

패션에도 '겸손'이 필요하다. 의상 선택 시에도 지나치지 않아야 한
다는 것이다. 너무 화려한 컬러, 과한 노출, 딱 달라붙는 핏, 킬힐 등
은 스스로 가장 자신 있는 스타일링일지라도 처음 이성을 만나는 미
팅 자리에서는 피하는 것이 좋다.

• 계절과 트렌드를 반영한 코디

가장 자신 있는 스타일링을 보여주고 싶다고 해서 계절과 트렌드를
무시한 채 자신만의 취향을 강조하는 것은 금물이다. 마음에 드는
옷이라 하더라도 오래 되었거나 유행에 뒤처지는 느낌이라면 과감
히 제외한다. 스카프, 벨트 같은 트렌디한 소품을 이용하거나 액세서
리 · 주얼리를 적절히 선택하여 멋스러움을 더할 수도 있다.

• 미팅 의상 제1콘셉트 '격식에 맞는 단정함'

평소에 워낙 편안한 의상만 입는다거나 패션에 관심이 없더라도, 또
한 나만의 색깔 있는 스타일링을 추구하더라도 다시 한 번 강조하고
싶은 것은 바로 'TPO'에 맞는 의상이다. 미팅 자리인 만큼 격식에 맞
는 의상을 갖추어 입도록 하자. 청바지, 운동화, 후드티 등 너무 편안
한 의상은 피하는 것이 좋다.

• 과유불급(過猶不及)

지나친 것은 미치지 못함과 같다. 공자(孔子)는 커다란 정치적 포부

를 가지고 있었지만 뜻을 이루지 못하자 제자들을 가르치는 것으로 만족해야 했다. 무엇이든 과하면 모자람보다 못하다. 코디에 자신이 없다고 해서 좋다는 건 다 활용해 보려는 욕심은 버리자. 안경, 넥타이, 반지, 목걸이에 행거치프, 한껏 올린 헤어스타일까지 모든 부분에 신경 쓴 의상은 자신감을 상승시켜 줄지는 몰라도 상대방은 부담스럽게 느낄 수 있다. 단정하면서도 깔끔한 룩을 연출하려면 액세서리는 1~2가지로 줄이되 전체적으로 너무 무난해 보이지 않도록 포인트를 줄 수 있을 정도면 충분하다.

• 미팅 남성 스타일은 '댄디룩'
코디나 스타일링이 어렵다면 캐주얼한 느낌의 '댄디룩'을 준비하면 도움이 된다. 댄디룩은 완벽한 정장이 아니라 보다 캐주얼한 느낌이 가미된 스타일을 말한다.
컬러는 블랙부터 네이비, 그레이, 브라운, 화이트, 베이지 등을 적절히 선택할 수 있고 재킷, 블레이저 같은 상의가 일반적이다. 계절에 맞는 의상과 컬러를 선택하면 적어도 과하지 않으면서도 깔끔한 스타일을 연출할 수 있다. 컨셉에 맞는 슈즈 역시 구두부터 단화나 로퍼 등이 가능해 정장보다 편안하면서도 세련된 느낌까지 갖출 수 있다.

• 포인트를 줄 수 있는 아이템을 활용하자
포인트라고 해서 너무 화려하거나 튈 필요는 없다. 남성의 경우 넥타이 하나, 시계 하나만으로도 충분히 포인트를 줄 수 있기 때문이다. 전체적인 스타일링에 맞춰서 포인트 컬러를 정하여 넥타이나 행거치프를 선택해도 되고, 뿔테 안경 등을 선택해서 지적이고 모던한 느낌을 더할 수도 있다.

메이크업 TIP

메이크업에도 해마다, 계절마다 트렌드가 있지만 잊지 말아야 할 핵심은 '미팅'을 위한 메이크업이라는 것이다. 과하지 않고 있는 그대로의 당신을 더 아름답게 표현해 줄 메이크업 팁을 소개한다.

• 또렷하지만 은은한 아이 메이크업(EYE MAKE-UP)

여성이라면 아이라인과 은은한 컬러의 섀도우가 필수다. 전체적으로 사랑스러운 느낌을 주고 싶다면 핑크/피치 계열의 메이크업을, 세련되고 차분한 이미지를 주고 싶다면 베이지/브라운 계열의 메이크업을 선택한다. 섀도우는 엷은 베이지 컬러를 베이스로 사용하면 발색에 도움이 된다. 또 다크서클을 가려줄 수 있는 브라이트닝 제품을 사용하는 것도 좋다. 섀도우는 입자가 고운 제품을 선택하여 눈두덩이에 은은하게 펴 발라주고, 톤이 다른 섀도우 이용해서 자연스럽게 그러데이션을 주면 좀 더 그윽한 눈을 만들 수 있다. 아이라인은 두껍지 않게 눈매가 또렷해 보이도록 그려준다. 눈의 위쪽 라인은 뚜렷하게 그려주고, 언더라인은 너무 진하지 않도록 엷게 처리하여 깊어 보이는 눈매를 연출한다. 속눈썹은 뷰러로 올려준 뒤 마스카라로 풍성하고 길게 표현해주면 또렷하면서도 은은한 아이 메이크업을 완성할 수 있다.

• 생기를 더해줄 립 메이크업(LIP MAKE-UP)

적절한 립 컬러를 선택하면 전체적으로 조화로우면서 얼굴에 생기를 더해주는 메이크업을 완성할 수 있다. 눈과 마찬가지로 입술 역시 사랑스러운 핑크나 오렌지/코랄 계열의 컬러가 가장 선호된다. 너무 매트한 질감보다 글로시한 표현을 원한다면 립스틱과 함께 립글로스나 립밤 등을 사용하여 촉촉하게 보일 수 있다. 필요에 따라 립스틱을 바른 후 입술 안쪽에 틴트를 덧발라 주면 그러데이션 효과로 좀 더 생기 있어 보인다.

• 사랑스러움을 물씬 더할 블러셔(BLUSHER)

핑크, 피치 계열의 블러셔로 광대뼈부터 귀로 이어지는 볼을 살짝 터치해주는 것만으로도 보다 사랑스러운 느낌을 더해줄 수 있다. 한편 본인의 피부톤보다 한 톤 정도 낮은 컬러의 쉐이딩으로 코와 귀밑 턱선, 이마 위 부분 등에 윤곽을 살려주면 얼굴도 작고 입체적으로 표현할 수 있다. 이때 음영이 강하게 들어가지 않도록 쉐이딩은 엷게 처리해 준다.

미팅파티 성공 TIP

• 미팅파티 드레스 코드

미팅파티에서는 가능한 한 좋은 첫 인상을 줄 수 있는 깔끔한 의상을 추천한다. 1:1 미팅이 아니라 여러 사람들과의 만남이 이어지기 때문에 가장 정돈된 모습으로 좋은 인상을 남기는 것이 중요하기 때문이다.

남성은 세미 정장, 여성은 차분한 색상의 원피스를 추천한다. 단, 드레스 코드가 정해져 있는 파티의 경우에는 유연하게 코디한다.

• 애티튜드&화법

겸손하고 예의를 지킬 것 | 첫 만남에서는 정중함을 잃지 말고, 서로를 충분히 배려해주고 예의를 지킨다.

자기 PR은 확실하게, 밝은 표정은 기본! | 많은 이들이 모인 자리인 만큼 자신 있는 말투와 밝은 표정으로 자신을 표현할 필요가 있다.

당당하고 적극적인 파티 참여 | '파티'에서는 내성적일수록 나를 어필하기가 어려워진다. 분위기를 즐기고 적극적으로 행동할수록 상대방에게 나에 대한 좋은 인상을 심어줄 수 있다.

최선을 다해 상대에게 집중하기! | 순간순간마다 최선을 다해야 한다. 지금 내 눈 앞에 있는 사람이 가장 중요하다고 생각하고, 상대의 장점을 적극적으로 찾으려 노력하고 인정해주자. 그리고 그 사람에게 호감을 가져보자. 그러면 상대방은 당신을 좋은 이미지로 기억할 것이다.

몇 번째 만났을 때 사귀자고 해야 하나요?

친구의 소개로 만나게 된 그녀와 저는 첫 만남부터 서로에게 호감을 가지게 되었습니다. 그래서 서로 자주 통화하게 되고 시간 가는 줄 모르고 이야기하는 경우도 많았어요. 그렇게 그녀가 좋아져서 용기를 내 정식으로 사귀자고 고백을 했는데 아직 잘 모르겠다면서 두세 달 정도 더 만나보자고 하더군요. 그 후로 연락은 점점 뜸해지기 시작했습니다. 분명히 그녀도 저를 좋아한다고 생각했는데, 갑자기 이러는 이유가 무엇일까요? 도대체 얼마나 만났을 때 사귀자고 해야 하는 건가요?

서로에게 호칭을 쓸 수 있는 특별한 관계의 시작을 만드는 것이 고백입니다. 그리고 여성분의 대답에 따라 두 분의 관계가 새로 만들어지는 것이겠지요. 주위에 만남의 기회가 적고 심심해서 만나지 않는 사이라면 서로를 위해서 그 관계를 명확히 할 필요가 있습니다. 남녀가 만나 좋은 감정이 생기면 어느 쪽이든 상관없이, 특별한 규칙이 없이 자연스럽게 먼저 이야기하며 사랑을 싹 틔우는 게 좋은 것 같습니다.

필요한 건 사랑뿐이에요

영화 《I am Sam》 중

Part 2

시작하는 연인들을
위하여

사랑은 모두가 기대하는 것이다.
사랑은 진정 싸우고, 용기를 내고,
모든 것을 걸 만하다.

첫 데이트가 두 번째 만남을 좌우한다

첫 만남에 웃는 얼굴로 상대의 재미없는 이야기에도 귀를 기울이면 '난 당신의 말을 잘 듣고 있어요. 전 당신에게 관심 있어요' 하는 눈치를 줄 수 있고, 남성이 밥을 사면 여성은 커피를 사는 식으로 호감을 나타낼 수도 있다. 혹여 커피 값을 남성이 낸다고 하더라도 여성이 커피를 산다는 말을 꺼냈다는 것에 남성은 여성에게 반은 호감을 느낀다. 지금까지 만났던 여성과는 다른 여성을 봤기 때문이다. 여성이 남성을 내조하고 가정이라는 둥지와 울타리를 소중하게 생각할수록 다시 만날 확률은 높다. 처음 만나 너무 많은 말을 하게 되면 살면서도 이런 식일 거라는 선입견이 생길 수 있어서 다시 만날 확률은 적다.

남성과 여성은 호르몬이 다르고, 신체 구조가 다르고, 생각 또한 다르다는 것을 명심해야 한다. 나와 같지 않다는 것을 서로가 이해한다면 첫 만남이 두 번째 만남으로 이어지기가 쉬울 것이다.

진정한 사랑의 원료는 열정이라기보다는 이해다. 이해의 깊이가 사랑의 척도인 셈이다. 사랑이 꽉 찬 존재가 되려면 무엇보다 '이해심'이 필요하다. 여성이 가장 원하는 것은 '남편 자체'다. 남성의 길에서 여성은 에피소드가 될지 몰라도 여성의 길에서 남성은 히스토리가 된다.

결혼 후에 아내가 남편으로부터 가장 받기를 원하는 것은 '든든함'이다. 남편은 가정의 든든한 기둥이 되고 흔들리지 않는 바람막이가 되어서 아내에게 다른 큰 도움은 주지 못해도 최소한 든든한 맛 하나는 줄 수 있어야 한다.

 소개팅 후 애프터 성공하기

소개팅을 통해 만난 상대가 마음에 들었다면 소개팅 자리에서 최선을 다하는 것은 물론이고 다음 만남에 대한 약속까지 이어지는 것이 아주 중요하다. 성공적인 애프터를 위한 몇 가지 팁을 소개하고자 한다.

● 소개팅 자리에서 최선을 다하는 것은 기본!

절대 간과할 수 없는 기본 중에 기본이다. 아무리 애프터에 공을 들인다고 해도 소개팅 자리에서 어긋났다면 더 이상의 진전은 어려울 것이다. 그러므로 이 부분은 가장 먼저 짚고 넘어가도록 하자. 소개팅 자리에서는 반드시 '겸손·집중·에티켓' 이 세 가지를 잊지 말아야 한다.

누구나 아는 것이지만 막상 소개팅 자리에서는 긴장되거나 잘 보이고 싶은 마음이 앞서 쉽게 잊는 것이기도 하다. 말을 주절주절 길게 하지 말고, 자기 과시를 하지 말고, 상대에게만 집중하고, 의식적으로 에티켓을 지키려는 노력을 해야 한다.

● 소개팅 자리가 끝난 후 진심이 담긴 인사를 하라

대개 소개팅 자리가 끝나고 헤어질 때, 제대로 된 인사를 하지도 못하고 어영부영 헤어지고 마는 상황이 많다. 그러나 헤어지는 순간에 자신의 진심을 제대로 전할 수 있어야 한다. 그래야 상대방에게 즐거웠던 소개팅에 대한 여운도 남길 수 있고 나에 대해 더 좋은 기억을 남길 수 있기 때문이다. 별 감정 없이 들리는 '연락드리겠습니다, 또 뵙겠습니다' 같은 멘트보다는 '덕분에 오늘 정말 즐거웠습니다, 다음번엔 OO에서 만나면 어떨까요?' 같은 구체적인 말을 전해보자. 상대방은 '내가 오늘 이 사람에게 호감을 주었구나'라는 안도감을 느낌과 동시에 함께 해서 매우 기뻤고 즐거웠음을 제대로 전달받게 될 것이다.

● 각자 집으로 돌아간 후, 당일 안에 반드시 연락을 취하라

연락의 타이밍은 매우 중요하다. 첫 만남이 끝나고 각자 집으로 돌아간 후 잠들기 전까지 연락이 오느냐 안 오느냐에 따라 느껴지는 차이는 매우 크다. 시간이 너무 늦었다거나 하는 어쩔 수 없는 상황이라면 적어도 다음날 오전까지는 연락을 하는 것이 좋다. 단순히 잘 들어갔는지, 만나서 반가웠다든지 하는 가벼운 말이라도 전하도록 하자. 그래야 상대방이 내 마음에 대해 알쏭달쏭 혼란스러워하지 않을 것이다.

● 꾸준히 호감을 표현하라

인간관계에서 가장 어려운 부분이 바로 이런 호감의 표현이 아닐까 싶다. '상대방이 부담을 느낄까 봐', '상대방에 비해 나만 노력하는 것 같아서' 등 생각이 많아지다 보면 좋게 만들어갈 수 있는 관계까지도 어렵게 되고 만다. 하지만 중요한 것은 표현을 하라는 것이다. 적극적으로 표현하지 않으면 상대방은 '이 사람이 나에게 마음이 없구나!' 하고 생각하게 되고 제 풀에 꺾이고 만다. 상대방도 내게 마음을 열고 다가올 수 있는 발판을 마련한다 생각하고 호감을 꾸준히 표현해 보자.

● 뭐든지 지나치면 안 하느니만 못하다

적극적으로 표현한다고 해서 정말 무작정 '들이대는' 사람들이 있다. 하지만 뭐든지 지나친 것은 금물이다.

예를 들면, 상대방에 대한 배려를 하지 않고 시도 때도 없이 연락하는 눈치 없는 사람, 하루에도 수십 번의 문자와 전화를 하는 스토커형, 연락보다는 무작정 상대방이 있는 곳으로 찾아와 들이대는 사람, 몇 번 만나지도 않았는데 부담스러울 정도로 값비싼 선물을 하는 사람이 그런 사례들이다.

이러한 행동들은 스스로 자제해야 한다. 상대방은 부담을 넘어 불쾌함을 느낄 수 있다.

● 연락을 통해 대화가 조금 편안해지면 다음 약속을 제안하라

주고받는 연락과 호감 표현을 통해서 대화가 조금 편안해졌다면 처음

만나고 1~2주 정도 뒤에 다음 약속을 제안해 보자. 직접적으로 '언제 만나자'라는 식으로 제안하기 보다는 "요즘 이 영화가 재미있다던데 같이 보실래요?"라거나 "주말에 어디에서 행사가 있대요. 같이 가보실래요?"라는 식으로 부담 없이 제안하고 데이트 코스를 미리 준비하는 것이 좋다.

● 소개팅, 이 정도는 준비해야 성공률이 높아진다

직장 동료가 시켜준다는 소개팅에 두근거리는 마음으로 나온 A씨. 거의 반 년 만에 나오는 소개팅이다. A씨는 새로 산 원피스를 입고 평소에 잘 하지 않던 화장과 머리 스타일링까지 하고 약속 장소로 나왔다. 두리번거리며 언제 도착할지 모르는 상대를 기다리고 있는데, 저쪽에서 한 남성이 걸어오는 것이 눈에 들어왔다. 그 남성을 본 A씨는 순간 이런 생각을 했다.

'헉, 저 사람 패션 용감하네. 설마 저 사람은 아니겠지.'

그 남성은 80년대에나 볼 수 있을 법한 청바지에, 바지와 전혀 매치되지 않는 재킷, 유독 튀는 색깔의 운동화를 신고 과도한 왁스와 스프레이로 미동조차 않는 헤어스타일을 하고 있었다.

A씨는 '저 사람은 아닐 거야'라고 생각하며 일부러 딴 곳을 보는 척했지만 이게 웬일인가. A씨 앞에 떡 멈춰선 남성은 주위를 갸웃거리다 혼자 서 있는 A씨를 향해 다가왔다.

소개팅 내내 A씨는 소개팅남의 첫인상에 사로잡혀 호감을 품기가 어려웠다. 게다가 남자가 본인 위주의 이야기만 잔뜩 늘어놓아 지루함과 짜증까지 더해졌다. 소개팅남의 자기 자랑은 밥을 먹는 동안에도 쉬지 않고 계속됐고, A씨는 '네, 그렇군요'라며 묵묵히 이야기를 듣고 있어야 했다.

이 소개팅의 결과는 어땠을까? A씨는 당연히 소개팅남을 거절했다. 심지어 A씨는 소개팅에 나온다며 꾸미고 차려 입은 자신이 한심하게 느껴지기까지 했다.

소개팅이나 맞선을 앞둔 사람이라면 본인을 한번쯤 돌아볼 수 있어야 한다. 기본적인 매너조차도 갖추지 않은 당신에게 첫 만남부터 호감을 품어줄 사람을 만나기란 쉽지 않기 때문이다. 첫 인상, 말투, 대화를 이어 나가는 방법, 리액션, 보이는 행동 등 기본적인 매너가 몸에 배도록 하여 적어도 기본에는 충실한 상태로 소개팅에 나가야 성공 확률이 높아진다. 한마디로 '준비된 사람이 되라'는 것이다.

한 가지 팁을 이야기하자면 '본인만의 스타일'에 사로잡혀 자신 있게 밀고 나가진 말라는 것이다. 본인에게는 가장 멋지고 매력적인 스타일링이 타인의 눈에는 매우 어색하게 보일 수 있기 때문이다. 그러므로 자신만의 것을 고집하기보다는 항상 정보와 소식에 열려 있는 사람이 되도록 하자.

소개팅이나 맞선 전에 많은 지식과 정보들을 찾아보고, 좋은 정보는 숙지하여 내 것으로 만들자. 나의 얼굴형, 체형에 맞는 헤어 및 의상 스타일링, 화장법 등으로 첫인상에 신경 쓰도록 하자. 남성의 경우 BB크림의 사용 인구가 많아지고 있는 시대인 만큼 이러한 화장품의 사용을 열린 시각으로 받아들여도 좋겠다.

외모뿐만 아니라 태도 역시 중요하다. 대화할 때는 상대방의 눈을 맞추고, 이야기를 장황하게 늘어놓기보다는 대화를 유도하는 질문을 던지거나, 상대방의 말에 적절히 반응을 보여주면서 자연스럽게 대화를 끌어가는 것이 좋다. 답변 또한 적절하게 길고 짧음을 조절하고, 상대방도 역시 말을 이어갈 수 있도록 마무리한다.

소개팅 주신자에게 미리 소개팅 상대의 취향이나 관심사를 살짝 알아두어 사전 조사를 해보는 것도 대화를 끌어나가는 데 좋은 방법이다. 공통의 관심사야말로 풍부한 대화 거리가 되기 때문이다.

눈을 맞추고, 공감하고, 반응해주고, 질문을 통해 궁금증을 표시하는 대화 방식은 상대로 하여금 '이 사람이 내 말을 귀 기울여 듣고 있으며, 내게 호감을 갖고 있구나'라는 인식을 갖게 하는 중요한 방법이다. 그러나 결코 오버하거나 도가 지나치게 들이대지는 말라. 호들갑스럽고 허풍스러운 남성이나 여성은 호감을 얻기 어렵다.

가장 중요한 것은 나를 중심으로 생각하지 말고, 상대를 중심으로 생각해보라는 것이다. 내가 생각하는 대로, 내가 좋아하는 대로 끌어가기보다 상대의 입장에서 생각해보고자 노력한다면 좀 더 준비된 나, 갖춰진 내가 되어 소개팅의 성공 확률을 높일 수 있다. 매 순간 준비된 사람으로서 최선을 다하는 것이 내게 주어진 사랑의 기회를 잡는 데 필수조건이라 할 수 있겠다.

적당한 더치페이로 만남에 책임을 져라

　우리나라 남성들이 여성과 데이트할 때 가장 큰 불만으로 생각하는 것이 있다면 그것은 바로 데이트 비용을 남성이 더 많이 지불해야 한다는 점일 것이다. 물론 요즘은 더치페이의 개념이 많이 확산돼 있지만 아직도 남성이 여성보다 더 많은 비용을 부담하고 있는 것이 사실이다.

　특히 첫 만남 시 소요되는 비용을 어떻게 지불할 것이냐에 대해 논란의 소지가 많은데 개념 있는 여성들의 경우 남성이 밥값을 지불하면 커피값 정도는 계산하는 센스를 발휘하지만 아직도 계산대 옆에서 멀뚱멀뚱 쳐다보고만 있는 여성들이 많으니 남성들의 불만이 극에 달해 있는 상황이다. 심지어 그렇게 얻어먹고도 "잘 먹었다"는 예의상의 말조차 하지 않는 여성들도 있어 남성들 입장에서는 맥이 빠질 수밖에 없을 터. 물론 처음 만난 사이에 밥값을 똑같이 반으로 나눠 동전까지 세가며 계산하는 것도 모양새가 좋지 않지만 무조건적으로 남성에게만 계산을 강요하는 것도 남녀평등에 한참 위배되는 일이다.

남성이 밥값이나 술값을 계산했다면 여성은 영화표나 커피값 정도는 계산한다든지 1차는 남성, 2차는 여성이 지불하는 방식으로 어느 정도 균형을 맞출 필요가 있다. 서로 사랑하는 사이라면 모르겠지만 처음 만난 사이에 한쪽에만 부담을 주는 것은 불공평하기 때문이다. 더구나 처음 만나 서로가 썩 마음에 들었다면 모르겠지만 만약 자신의 이상형과 전혀 거리가 멀어 두 번 다시 만나고 싶지 않은 상황에서 혼자 계산까지 다 해야 한다면 이 얼마나 억울한 일이겠는가?

적당한 더치페이가 당신의 이미지를 좌우할 수 있다. 또한 다 큰 성인 남녀가 소개팅이나 맞선에서 적당한 더치페이를 통해 예의를 차리는 것은 상대방을 존중함과 동시에 그날의 만남에 공동의 책임을 부여해 한층 진지함을 더할 수 있다는 점에서 의미가 있다.

공개 프러포즈하기 전, 이것만큼은 기억하자

예전에 연기자 A씨가 같은 드라마에 출연했던 여배우 B씨에게 공개 프러포즈를 해 화제가 되었다. A의 돌발행동에 "용기 있다"며 칭찬해 주는 의견도 있는 반면 한편에서는 "상대방의 입장을 난처하게 만들 수 있는 무모한 행동"이라며 비난하는 의견도 있었다. 이처럼 공개 프러포즈를 했을 때 상대방으로부터 나올 수 있는 반응은 두 가지로 엇갈린다. 나만을 위한 특별한 이벤트에 두 배의 감동을 받는 경우와 많은 사람들이 알아버렸다는 사실에 부담감과 난처함이 드는 경우다. 상대방에게 감동을 주는 경우라면 문제없겠지만 반대로 부담감을 안겨주는 경우라면 그 프러포즈는 실패나 다름없다.

　그렇다면 공개 프러포즈를 할 때 주의해야 할 것에는 어떤 것이 있을까? 일단 공개 프러포즈는 하는 사람에게도 많은 고민이 따르는 일이지만 받는 사람 입장에서도 여간 부담스러운 일이 아닐 수 없기 때문에 반드시 상대방의 마음에 확신이 있는 경우가 아니라면 시도하지 않는 것이 좋다. 사귀기 전, 어느 정도 친해지고 난 후 상대방의 마음에 확신이 생긴 경우이거나 또는 교제 중 결혼을 앞두고 깜짝 이벤트 차원에서 하는 프러포즈 등 확실히 성공할 가능성이 높은 경우에 시도하는 것이 실패를 막는 방법이다. 상대방과 아직 서먹서먹한 관계이거나 상대방의 마음을 도통 알 수 없는 경우에 시도하는 공개 프러포즈는 오히려 독이 될 수 있으니 신중히 생각하고 행동에 옮겨야 할 것이다.
　그럼에도 불구하고 공개 프러포즈를 해야겠다는 마음이 든다면, 상대방이 부담스러워하지 않을 만한 상황, 예를 들어 차라리 전혀 모르는 사람들 앞에서 하는 것이 더 낫다. 사람들이 많은 명동이나 강남 같은 불특정 다수가 있는 곳이 오히려 더 낫다는 것이다. 잘 아는 사람들이나 직장 동료들 앞에서 무턱대고 공개 고백을 했다가 그 사람들과의 관계 때문에 상대방이 선뜻 마음의 결정을 내리지 못할 수도 있어 이런 상황에서는 피하는 것이 좋다.

남녀 사이에 친구가 존재할까?

남녀 사이에 친구가 존재한다면 그것은 둘 중 한 명이 이성으로 좋아하고 있기 때문이라는 말이 있을 정도니 남녀 간의 우정이 얼마나 유지하기 힘든 일인지 짐작할 수 있다. 물론 본인들이 아니라면 아닌 것이겠지만 아무 의미 없이 무심코 한 행동이 다른 사람들에게는 전혀 다른 방향으로 비춰질 수도 있고, 사람의 감정이 어떻게 변할지는 아무도 장담할 수 없는 것이므로 어느 정도 선을 유지하는 것이 서로를 위해서도, 사랑하는 다른 사람들을 위해서도 필요할 것이다.

연인 사이였던 사람 중에 어떤 남성은 헤어지고도 친구로 지내자는 사람들이 더러 있다. 그 남성의 음흉한 함정에서 빠져나오는 길은 여성이 먼저 단호하게 "나보다 더 좋은 사람 만날 거야. 그러니 다시는 연락하지 말자"라고 하는 것이 미래 나의 연인을 위해서도 현명한 처사일 것이다. 가끔 만나서 밥을 먹고 술을 마시고, 힘들 때 위로해 주고 심심할 때 연락할 수 있는 친구 사이까지는 가능하지만 다른 친구들에게도 하지 못할 속 깊은 얘기를 털어놓는, 아무런 사심 없는 베스트 프렌드가 되기는 힘들다는 것이다. 가장 친한 친구가 되는 순간, 상대방이 전혀 자신의 스타일이 아니었다고 하더라도 어느새 미묘한 감정이 생길 수 있는 사이가 바로 남녀 관계다.

그리고 이러한 절친한 관계는 각자의 연애와 결혼생활에도 해가 될 수 있다. 애인보다 더 자주 연락을 한다든지, 배우자에게는 하지 못할 고민을 털어놓는다든지 등의 행동이 오해를 불러일으킬 수 있고 질투와 의심에 사로잡혀 분쟁의 원인이 되는 경우도 있기 때문이다.

여성이 바람피울 때 VS 남성이 바람피울 때

흔히 남성들은 컨디션이 좋을 때 바람을 피우는 한편, 여성들은 우울하고 기댈 곳이 없을 때 바람을 피우게 된다고 한다. 남성들은 자신이 잘 나갈 때 여러 여성들을 만나려고 하고, 세상을 사는 게 자신 없을 때나 혼자라고 느껴질 때는 바람을 피우지 않는다. 대체로 돈을 잘 벌고 능력이 있는 사람들이 바람을 피우는 경우가 많다. 그리고 여자친구에게 발각이 되면 바로 바람녀를 정리한다. 남성들은 절대 바람녀를 선택하지 않는다. 마지막이라는 것도 사실이 아니다. 남성들에게 마지막 바람이란 없다. 본능적으로 남성들은 시각을 통해서 섹시한 여성이 지나가면 당연히 고개를 돌리게 된다. 여성들도 멋진 남성에게 눈이 가겠지만, 남성들처럼 대놓고 보는 사람은 거의 없다.

남성이 바람피우는 이유

남성은 여성보다 이성의 유혹에 더 약한 걸까? 도대체 바람피우는 남성들의 속내는 뭘까? 이에 대해 흥미로운 분석이 최근 미국 야후의 여성 중심 정보 사이트 '샤인(Shine)'에 공개됐다. 제목은 '남성이 바람을 피우는 7가지 이유'다.

첫 번째, "깊숙한 친밀함은 두려워"

정신과 전문의 게일 솔츠 박사는 이렇게 말한다.

"남성 중 일부는 연인과 정말 친밀해지는 걸 피하고자 바람을 피운다. 이런 유형의 남성은 친밀한 관계를 두려워한다. 그래서 이들은 아내나 여자친구와 거리를 두기 위해 바람을 피운다."

이런 남성의 특징은 누군가에게 전적으로 의지하지 않는 것이다. 그래서 그들은 여자친구와 아내 외의 사람에게 둘러싸여 있는 것을 좋아한다. 또 마음의 상처를 잘 받지 않는다.

두 번째, "더 친밀해지고 싶어"

첫 번째 이유와 정반대로 연인이 아닌 다른 사람에게서 친밀함을 찾는 경우다. 성 전문가 에밀리모스에 따르면 일부 커플은 시간이 지남에 따라 관계가 시들해진다. 문제는 친밀함이 부족해졌음에도 불구하고 이에 대해 대화하지 않는다는 것이다. 이럴 때 어떤 남성은 연인과 대화를 통해 해결책을 찾는 대신 몰래 딴 여성을 만나는 게 더 낫다고 생각한다.

세 번째, "신혼의 '황홀한 맛' 다시 한 번"

모든 남녀가 처음에는 마법처럼 사랑에 빠져 황홀경을 경험한다. 하지만 그런 격렬한 감정은 얼마 안 가 사그라지기 마련. 불꽃같은 시간이 흐르면 서로에게 익숙하고 편안함을 갖게 된다. 하지만 어떤 남성은 늘 '처음의 짜릿함'을 바란다. 그들은 이 느낌을 직접 찾기 위해 다른 여성에게 눈을 돌린다.

네 번째, "마초 본능, 여성을 지배하고 싶다"

앞서 언급한 정신과 전문의 솔츠 박사는 "남녀 관계에서 주도권을 쥐고 여성을 지배하고 싶어 바람을 피우는 남성이 있다"고 설명했다.

다섯 번째, "유혹은 너무 달콤해"

성 전문가 모스는 일반인에겐 변명처럼 들리겠지만 나약한 남성은 기회가 왔을 때 '노(No)'라고 거부할 만큼 충분히 강하지 않다. 이런 남성들은 여성의 유혹에 쉽사리 항복한다.

여섯 번째, "바람피울 수도 있지 뭐"

솔츠 박사에 따르면 모든 바람둥이가 부정한 짓을 반복하지는 않는다고 한다. 하지만 맨 처음 외도를 하게 된 이유를 파악하려는 노력을 하지 않거나 다른 사람은 신경 쓰지 않는다는 태도를 갖고 있다면 '상습범'이 될 수 있다고 경고했다.

사랑하는 여성이 있음에도 불구하고 바람을 피우는 남성이 있다. 성 전문가 모스는 "그런 남성은 '다른' 여성에 대한 갈망 때문에 바람을 피운다고 인정한다"며 "그들은 현재 연인과 행복한 관계를 맺으면서도 바람을 피운다"고 설명한다. 한마디로 마음의 방이 여러 개 있는 셈. 모스는 이를 두고 '터무니 없다'고 꼬집었다.

바람피우는 여성들의 특징

1. 대체적으로 어느 선까지는 가볍게 허락한다. 이때 순진한 남성들은 자신의 여성이라고 생각하게 되는 경향이 있다.

2. 만날 피곤하다고 한다. 두 탕 뛰려니 안 피곤하면 이상한 게 아닐까. 남성은 그것도 모르고 영양제를 사다 바친다.

3. 가끔 뜬금없이 야릇한 문자를 보낸다. '잘못 보냈느냐'고 물으면 얼버무린다.

4. 착신번호를 어쩌다 슬쩍 보면 사람 이름이라고는 생각되지 않는 이름이 뜬다. '호돌이, 귀염둥이' 등등.

5. 괜찮은 상대를 만났을 경우 자신이 먼저 접근하는 경우가 많다.

6. 휴대전화는 항상 잠금을 설정해 놓는다.

7. 남성을 대할 때 '그 사람이 최고'라는 느낌이 들게 한다. 그래서 자신을 위해 모든 것을 바치게 한다.

8. 친구 집에서 외박을 하는 경우가 많다. 대개는 친구 집이 아니라 이성의 집이다.

9. 행여 남성이 뭔가 꼬투리를 발견해서 추궁하면 눈물로 자신의 결백을 주장한다. 그러면 대개 남성들은 넘어간다. 혹은 그냥 담담해 하며 이별을 고한다.

10. 바람둥이 여성은 공주병이 심하다.

바람피우는 남성들의 특징

1. 전화가 오면 자리에서 일어나 구석진 곳으로 간다.

2. 휴대전화는 2대가 기본이다.

3. 누군가 "전화가 왜 안돼" 하면 노래방에 있어 시끄러워서 못 들었다고 우긴다.

4. 꼬투리 잡히면 '나 못 믿어?' 하며 상대방보다 더 화를 낸다.

5. 문자 메시지를 통해서 좋은 말만 한다.

6. 직감 하나로 짚어서 물어보면 바로 버벅거린다.

7. 통화 중 옆에서 여성의 목소리가 들리는데도 끝까지 옆 테이블 남성라고 우긴다.

8. 돈 잘 쓰는 여성을 더 좋아한다. 어장관리하기 쉬운 여자를 더 좋아한다.

9. 연극을 잘한다.

10. 거짓말을 밥 먹듯이 하다 보니 없던 친구가 생기고, 친구의 부모님
    이 두 번 돌아가신다.

11. 알고 지내는 이성친구가 많다. 그냥 다 아는 여자라고 한다.

12. 말주변이 좋고 SNS에는 바람피우는 상대에 대한 글은 올려놓지
    않는다.

Question

놓치기 싫은 이 사람, 어떻게 하면 좋을까요?

적당히 튕기는 여자가 매력이 있을 거라고 생각했어요. 그래서 남자
에게 조금 쌀쌀맞게 대한 것 같아요. 아마도 그런 제 모습 때문에 제
가 본인을 마음에 안 들어 한다고 생각하셨을 거예요. 그런 게 아닌
데, 정말 괜찮은 분이었거든요. 제가 다시 한 번 연락을 해 보는 건 어
떨까요?

Answer

남성에게 "정말 마음에 드는 여성을 소개로 만났다. 여성의 반응이
약간 시큰둥하다. 당신은 어떻게 할 것인가?"라고 물으면 10명 중에
9명은 그래도 "대시한다"라고 대답한다.

왜? 바로 '그렇게 찾았던 이상형'이기 때문이다. 그렇다면 생각해보

자. 내가 본인을 마음에 들어 하지 않는다고 생각해서 연락을 하지 않는다? 남성은 마음에 드는 여성이라면 상대방이 반응이 없더라도 대시해본다. 즉, 연락이 없는 그 남자는 당신의 시큰둥한 반응을 무시하고 대시를 하고 싶을 정도로 당신을 마음에 들어 하지 않은 것이다.

그렇다면 연락을 해 보는 것은 좋을까, 하지 않는 것이 좋을까? 여성이 적극적인 마음으로 시작한 관계에서 대부분의 결말은 여성의 삽질로 끝이 나는 경우가 허다하다. 남성의 마음이 적극적인 경우에 해피엔딩일 확률이 더 높다.

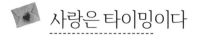 사랑은 타이밍이다

결혼은 혼자 살아도 외롭지 않고, 같이 살아도 귀찮지 않을 때 해야 합니다. 그때 비로소 결혼이 서로를 속박하지 않게 됩니다. 베풀어 주겠다는 마음으로 결혼하면 길 가는 사람 아무하고 결혼해도 별 문제가 없습니다. 하지만 상대에게 덕을 보겠다는 생각으로 고르면, 백 명 중에 고르고 골라도 막상 고르고 나면 제일 엉뚱한 사람을 골라 결국엔 후회하게 됩니다.

이 세상에 공짜는 없어요. 인연과보가 반드시 따릅니다. 그러니까 연령 차이가 많이 나는 관계는 윤리나 도덕적으로 문제가 되는 것이 아니라, 지금의 작은 기쁨이 미래에는 큰 화를 불러올 수 있다는 점을 살펴야 합니다. 상대를 사랑해서 만났다면 좋은 것만 가지려 할 게 아니라, 상대의 상처도 치유해 줄 줄 알아야 합니다. 대부분의 경우 극도의 이기심으로 맺어집니다. 다른 사람하고는 원수가 잘 안되는데 부부지간에는 원수가 되는 경우가 많아요. 서로의 욕심, 서로의 기대가 커서 욕심이 충족되지 않으니 실망도 큰 거예요. 욕심과 계산으로 만나면 갈등은 필연적이예요. 그러니 내가 이기심을 갖고 있듯이 상대도 그렇다는 걸 알게 되면 상대에게 무리하게 요구하면서 그 뜻을 따라주지 않는다고 해도 실망하지는 않게 돼요. 그래야 가정도 평화로워질 수 있습니다. 상대를 사랑해서 만났다면 좋은 것만 가지려 할 게 아니라 상대의 상처도 치유해 줄 줄 알아야 합니다.

법륜스님, 《스님의 주례사》중에서

사랑은 사랑하는 자의 것

사랑은 사랑하는 자의 것이며

행복을 찾는 자의 아름다운 선물입니다.

행복하기를 원하는 당신이여

사랑하는 마음으로

그대의 생각을 가득 채우십시오.

사랑은 사랑하는 자의 것이며

행복은 행복해지기를 원하는 자의 것입니다.

김옥림, 《행복을 찾는 당신에게》중에서

누구나 살아온 세월만큼이나 아픈 과거와 상처가 있다. 이처럼 상대의 상처도 치유해주고 사랑하는 자의 행복을 기원하고 사랑하는 마음이 가득할 때 사랑도 이룰 수 있다. 완벽남, 완벽녀도 결혼하려는 마음이 없거나 준비가 되어 있지 않았을 때는 이상형이 나타나도 제대로 그 사랑을 못 보고 지나치는 경우가 많이 있다. 마음에 드는 상대가 있어도 이 사람이 결혼을 하려는 마음이 있는지를 잘 살펴봐야 한다.

필자가 중매로 나서 결혼에 골인한 커플이 있다. 남자는 40대 후반이 되도록 자기 짝을 찾지 못하다가 결혼 적령기를 훌쩍 넘기고서야 4살 아래의 여성을 만났는데 여성은 "같이 있으면 행복한 남자를 만나 기쁘다"고 말했고, 남성은 "함께 숨만 쉬고 있어도 좋다"라는 닭살 섞인 소감을 전했다. 이 둘은 만난 지 5개월이 지나고 양가 인사 후 예식장·결혼식 날을 잡고 지금도 잘 살고 있다. 여성 또한 결혼 적령기를 넘기고 있던 중에 소개로 만난 남성의 인품과 인성에 끌려 결혼을 결심하게 되었고, 남성 또한 여성의 착하고 상대를 배려하는 마음에 끌려 결혼을 결정했다. 아무리 조건과 여건을 다 갖춘 사람이라도 타이밍이 맞지 않을 때는 사랑의 결실을 이루기가 쉽지 않다.

가끔 그들을 만나 "같이 살아보니 연애할 때랑은 많이 다르지 않아?"라고 물어보면 연애할 때보다 오히려 더 행복하다고 한다. 잠자리에 들기 전, 오늘 하루도 일용할 양식을 주시고, 무사히 잠들 수 있게 해 주신 하느님께 감사의 기도를 드리는 와이프의 모습은 천사가 따로 없다고 한다. 이들이 진정한 이 시대 닭살 커플이라고 해도 이상하지 않을 정도다. 이 둘은 왜 진작 만나지 못했을까? 그러고 보면 모든 일에는 다 때가 있나 보다.

연애 초보가 극복해야 할 일

지금 만나고 있는 남자친구가 연애 초보입니다. 남자친구랑은 사귄
지 이제 60일 정도 되었습니다. 나이가 있어서 만난 사이라 서로에
게 조심하며 천천히 알아가고 있는 중인데, 남자친구가 여자나 연애
에 대해서 너무 몰라서 짜증이 날 때가 한두 번이 아닙니다. 나이가
30대 후반임에도 하나부터 열까지 다 가르쳐야 된다는 게 힘이 듭니
다. 어떻게 해야 할까요?

순수하다고 생각하시면 어떨까요? 모든 일이든 누구나 초보일 때가
있습니다. 그것이 사랑이든 연애든 일이든 말입니다. 다 초보 때의
실수와 경험이 쌓이다 보면 그 경험을 바탕으로 발전된 행동이 나오
는 것입니다.

본인이 선택하신 분이 여성의 마음에 대해 잘 알지 못하고, 연애에
서툴다고 해서 마음이 변하실 거라면, 지금의 남자친구 분과 헤어지
고 나서 여성을 잘 알고 연애 경험도 풍부한 남성을 만나실 생각이
신 건가요?

사랑을 하게 되면 고마운 것도 따로 구별하지 않게 됩니다. 고맙지
않은 것도 고맙게 받아들이게 되고 어떤 일이든 고맙게 받아들이면

고마운 것이 됩니다. 사랑을 하게 되면 자기 마음에 평화가 찾아오고 얼굴에 감사와 평온의 미소가 떠나질 않죠. 기쁨과 행복이 더 커지기 때문에 작은 문제들은 가볍게 넘길 수 있는 아량이 생기게 되는 것 같습니다.

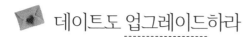

데이트도 업그레이드하라

대부분의 남녀가 데이트를 하면 만나서 밥 먹고, 차 마시고, 영화 보고, 노래방에 가는 비슷한 일정을 첫 만남부터 그 후의 데이트까지 반복한다. 이런 획일화된 데이트 코스를 계속해서 유지해 나간다면 이 커플들은 깨지기 쉽다. 좀 더 차원 높은 데이트 기술을 업그레이드할 필요가 있는 것이다. 서로가 취미에 대하여 이야기해 보고 상대가 좋아하는 취미를 함께 해 본다.

서로가 사랑하는 관계를 유지하는 데 가장 중요한 것은 서로 사랑하는 마음이지만 그 사랑의 결실을 맺고 행복한 가정을 이루기 위해서는 등산, 쇼핑, 도서관 가기 등 상대가 좋아하는 것을 따라 해보는 것도 좋지 않을까?

만날 때마다 사진을 찍고 추억을 담은 데이트 스크랩북을 만들어 기념일에 선물하기, 함께 외국어 공부하기, 청계천 헌책방 순례하기, 연인을 집으로 초대해 맛있는 음식을 서로 만들어 먹고 평가해 보기, 미술관 구경하기, 연극 보러 가기, 문화유산 중 한 곳을 골라 주말에 연인과 함께 답사하기, 조조영화 보고 남산 가기, 여름 한낮 지하철 순환선 타기, 한 달 동안 읽은 책 중 가장 좋았던 책을 그 달 마지막 날 만나 서로 바꿔 읽기, 조조부터 심야 상영까지 하루 동안 몇 편의 영화를 볼 수 있나 실험해 보기, 노트 한 권을 마련해 편지 대화 나누기, 단골 카페나 레스토랑에 당신들만의 자리를 정해 꼭 그 자리에만 앉기, 한강 고수부지나 버스 음식점 등 평소에 가지 않았던 곳에서 식사하기, 함께 낚시 여행을 떠나 직접 잡은 생선으로 회와 매운탕 끓여 먹기, 공통의 관심사를 가지는 책을 읽고 침 튀기며 토론하기 등 좀 더 색다른 데이트를 궁리해보는 것도 재미있는 시간이 될 것이다.

《좁은문》에서 제롬이 알리사에게 보낸 편지처럼 연인에게 편지를 써 보내 보자! 그리고 연인이 데리고 나온 친구에게 지나치다 싶을 정도로 관심을 보여 적당히 질투심을 자극하는 것도 고전적인 연애의 한 방법이다. 늘 청바지만 입던 여성이라면 하루쯤 미니스커트를 입은 모습을 보여준다. 만난 지 일 년째 되는 날 처음 만났던 그 시간, 그 장소에서 그날 마셨던 차를 마시며 데이트해 보자.

 # 습관처럼 만나는 사랑은 위험하다

결혼을 앞둔 C가 사랑을 결심한 이유는 단순했다.

"다른 사람과 다르게 그 사람은 나를 많이 이해해주고 나의 사소한 것에 관심을 많이 가져줬어요. 서로 같이 한 시간은 많지 않았지만 그가 다른 남자들과 사뭇 다른 이유는 작은 배려에도 인성과 인품이 묻어났기 때문이었죠. 어느 날 같이 술을 마시고 노래방에 갔는데 '인연'이라는 노래와 '만남'이라는 노래에서 서로의 마음을 확인하게 되었어요. 그동안 수도 없이 이 노래를 듣고 노래했는데 그날따라 다르게 들리더라고요. 그리고 그 사람이 부르는 가사 내용이 꼭 우리 둘만의 가사인 것처럼 들렸어요."

노래를 통해 서로가 느끼는 감정의 에너지 파장은 동일했고 그 감정은 사랑을 낳았다. C는 믿음이 바탕이 되고 그것이 사랑으로 발전하면서 믿음과 신뢰가 쌓였기에 결혼을 결심하게 된 것이다.

카페나 결혼정보회사, 산악회 등 많은 모임에서 만남이 이루어진다. 그러나 이런 곳에서 만나는 사람들과의 사랑은 신뢰라는 바탕이 없는 경우가 많다. 신뢰가 중요한가? 아니면 사랑이 중요한가? 보통은 사랑이 중요하다고 생각하는 경우가 더 많다. 여성은 사랑에 울고 웃고 행복을 느낀다. 하지만 남성은 사랑보다는 일과 꿈과 목표가 중요하다. 남성의 일에는 성공과 명예가 주어지기 때문이다.

사랑은 변한다. 더 큰 이념과 가치를 바탕으로 사랑은 움직인다. 그렇지만 신뢰를 바탕으로 반석이 된 사랑은 아름다운 결실을 이루게 된다. 신뢰와 믿음이 없는 습관적인 만남에서 빚어진 사랑은 결실을 이루기가 쉽지 않다. 의사, 변호사, 교수 등 전문직에 종사하거나 경제적으로 여유 있는 사람들일수록 더욱더 사랑을 내세워 여성을 가볍게 생각하는 경우가 많다. 왜냐면 이들은 여성들이 좋아하는 이상적인 스펙과 경제력을 가졌기 때문이다. 그렇기 때문에 그런 능력자의 작은 울림에 주변 여성은 쉽게 동요되고 그 남성의 말을 믿고 새로운 사랑을 시작하려 한다. 하지만 그 능력자는 이미 다른 여성에 접근하고 습관적인 만남과 가벼운 사랑을 지속한다. 이런 관계에서 상처받고 마음 아픈 쪽은 여성이다. 진정으로 사랑을 이루려는 사람은 믿음과 신뢰가 바탕이 된 진실한 사랑을 원한다.

남성은 예쁜 여성만 보면 마음이 움직인다. 여성은 남성의 외모보다는 능력을 본다. 이런 차이에서 조건을 내세운 만남은 깊은 사랑을 이루기가 쉽지 않고 이루어지는 경우도 적다. 조건에 의한 만남은 쉽게 헤어지고 양다리, 쓰리다리 걸치며 습관처럼 사람을 만나게 된다. 재혼, 삼혼,

사혼의 경우도 이런 사례가 대부분이다. 그러나 C는 그 남성에게 믿음과 신뢰를 바탕으로 느껴지는 사랑이 좋았다. 서로의 진실은 두 사람이 안고 있는 많은 문제점들을 해결해 주었다.

조금은 부족하고 힘든 환경이라도 사랑만 있으면 부족한 부분을 참아내고 더 나은 삶을 향해 두 사람은 서로 의지하며 아름다운 사랑을 이루게 된다. 격려하고 감싸주는 사람, 자신의 새로운 인생에 동반할 수 있는 사람은 오직 그 사람뿐이라는 것을 깨우친 것이다. 부부의 사랑이 우정이 될 때 좀 더 편안한 삶의 굴레가 시작된다. 누구에게도 말 못할 비밀을 이제 친구가 아닌 부부가 공유하게 되는 것이다. 세상의 모두가 자신을 배반하고 외면해도 이 사람만큼은 나의 편이 되어 나의 곁에 있어줄 것 같은 우정과 의리, 이것이 부부에게 힘을 낼 수 있는 원동력이 된다.

남편은 아내를 배려하고 부인은 남편을 우러러 바라보며 존중하면 향기 나는 아름다운 가정을 이룰 수 있다. 사람에게 장점만 있다면 혹은 단점만 있다면 그 사람을 판단하기는 쉬울 것이다. 하지만 어떤 사람에게나 장점과 단점이 공존한다. 어떤 남성, 어떤 여성을 만나도 좋은 면이 있고 이해 못할 점이 있다.

좋은 인연을 만난다는 것은 그 장점을 더 크게 보고 단점은 서로 보완해주면서 인간관계를 시작하는 것이다. 상대를 변화시키고 싶다면, 나부터 이해하고 변화해야 한다. 좋아하는 그 사람의 사소한 이야기도 주의 깊게 경청하고 대화 내용도 상대방 입장에서 마음을 이해하고 받아주었을 때 사랑의 끈은 시작된다.

운명은 스스로 개척하는 사람에게 다가온다. 사랑과 행복은 그냥 얻어지는 것이 아니라 많은 희생과 노력이 필요하다. 행복지수가 완만하고 사랑지수 충만한 하루가 되면 사랑하는 사람은 예뻐진다.

남자친구가 달라졌어요

남자친구가 요즘 좀 변한 듯합니다. 자주 연락하던 사람인데 전화와 문자의 횟수도 줄고, 대화도 성의가 없어지고 어떤 날은 하루 종일 연락이 없을 때도 있습니다. 데이트를 해도 이야기를 나누는 시간보다는 밥 잠시 먹고, 영화 한 편 보고는 집에 들어가 버리니 대화를 나눌 시간도 없습니다. 속상한 것을 이야기하면 요즘 힘들다고 저까지 힘들게 하지 말라고 화를 냅니다. 이제 막 회사원이 된 남친이 업무에 적응하느라 힘든 것은 알고 있지만 그의 태도를 제가 어떻게 받아들여야 할지 모르겠습니다.

AnSwer

만약 남자에게 다른 여자가 생겨 양다리를 걸치고 있다면 남자의 의도와 생각을 확인해봐야 겠지요. 하지만 남친에게 심한 고충이 생겨 자신이 처한 환경이나 상황, 집안 사정 등을 충분히 설명하셨다면, 남자친구를 이해하려고 노력해야겠지요. 남자친구가 겪고 계신 상황의 스트레스는 어쩌면 여자친구분이 생각하고 계신 그 이상일 수도 있습니다. 남친이 자신의 상황을 이해시키려고 하셨다면 남자친구는 이 관계를 계속 유지하고 싶어 하시는 겁니다. 남자친구에게 본인의 섭섭함만을 강조하려 하지 말고, 의지할 수 있는 사람이라는 점을 부각시키는 게 무엇보다 중요할 것 같습니다. 그러면 여자친구는 고민을 얘기할 수 있는 '편안한 안식처'라고 생각하게 될 것입니다. 행복의 비결은 이해와 사랑입니다.

Question

여자친구 주변에 남자가 너무 많아요

제 여자친구가 인기가 너무 많아 주변에 남자가 너무 많습니다. 걸려오는 전화의 절반 이상이 남자고, 저랑 사귀는 중에도 대시하는 남자들이 많았습니다. 그렇다 보니 여자친구와 떨어져 있으면 항상 불안합니다.

Answer

남성들에게 인기가 많은 여자친구를 두셨다면 당연히 불안하죠. 하지만 그렇다고 여자친구를 옆에만 꽁꽁 묶어놓을 수도 없는 노릇이지 않습니까?

일단 지금 님이 가지고 있는 불안을 여자친구에게 말씀 드릴 필요가 있습니다. 그러나 '나는 너를 이해할 수 없다'는 자극적인 말보다는 나의 심정도 조금 헤아려 달라는 뜻으로 여자친구에게 말해 보세요. 분명 사랑하는 남자친구가 불안해하고 있다고 느낀다면 여자친구가 불안을 덜어주려 노력할 것입니다. 그리고 일어나지도 않은 일에 불안해하면 혼자만 힘들어질 뿐입니다. 다른 남성의 대시에도 꿋꿋이 옆을 지킨 여자친구를 믿고 여자친구 때문에 불안해할 시간에 자신의 일에 집중해 보세요.

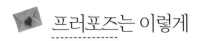

프러포즈는 이렇게

다양한 프러포즈 방법들 중에 미혼 남녀들은 과연 어떤 방법을 가장 선호할까?

결혼정보회사 짝찾사(짝을찾는사람들, www.julove.co.kr)가 운영하는 프리미엄 매칭 사이트에서는 미혼 남녀 359명을 대상으로 '최고의 고백 방법으로 당신이 선택하고 싶은 것'이라는 주제로 설문조사를 실시했다.

미혼 남성 45%는 '둘만의 이벤트를 준비하여 하는 고백'이라고 답변했다. 일부 응답자들은 '이벤트를 하면 여성들이 좋아할 것 같아서'라는 반응을 보였다. 한 응답자는 '사람들 앞에서 하는 이벤트는 자신 없지만 둘만의 이벤트라면 해 볼 만하다. 고백 성공 가능성이 높아질 것 같아서 이벤트를 하고 싶다'고 말했다. 30%는 '진지한 분위기 속 진실한 마음이 담긴 고백'이라고 응답했고, 19%는 '사람들 앞에서 성대한 이벤트와 함께하는 고백'이었다. 한 응답자는 "여성들이 이런 큰 이벤트를 바라는 것 같기도 하고, 사람들 앞에서 하면 더 감동을 받게 되는 것 같다"라는 의견을 전했다. 6%는 '편지 등 매개체를 이용한 차분한 고백'이라고 답변했다.

미혼 여성들은 어떤 반응을 보였을까?

최고의 고백 방법으로 꼽힌 1위는 '진지한 분위기 속 진실한 마음이 담긴 고백(53%)'이었다. 많은 수의 응답자들이 "고백은 직접 마주보고 해야 한다"거나 "진실한 말로 전하는 고백이야말로 가장 감동적"이라는 등의 반응을 보였다. 2위는 '둘만의 이벤트를 준비하여 하는 고백'이 39%로 뒤를 이었다. 한 응답자는 "둘만의 이벤트를 준비하면 로맨틱한 고백이 될 수 있을 것이다"라고 말했고 또 다른 응답자는 "사람들이 많은 곳에서 받는 이벤트를 싫어하는 여성들도 많다. 이벤트는 좋지만 사람들이 많은 곳에서는 싫다"고 말했다. 3위는 '편지 등 매개체를 이용한 차분한 고백(5%)', 4위는 '사람들 앞에서 성대한 이벤트와 함께하는 고백'으로 3%에 그쳤다. 한편 남성 응답자들에게만 '고백을 하기 전 가장 고민 또는 걱정되는 것은 무엇인가?'라고 물었다. 이에 대해서는 상대방의 거절, 관계의 단절, 관계가 지속되더라도 남는 어색함, 고백 방법에 대한 고민, 이벤트에 대한 난감함 등 다양한 답변들이 나왔다.

결혼정보회사는 "미혼 남성의 경우 '이벤트형 고백'을 선택한 응답률이 64%에 달하고 '진지형 고백'은 30%로 나타났다. 미혼 여성은 '진지형 고백'이 53%에 달했고 '이벤트형 고백'은 42%로 집계됐다"며 "남성 쪽은 좀 더 극적이고 고백을 위한 환경을 조성하는 것을 중요시하는 것 같고, 여성 쪽은 진정성 있고 진실한 고백 자체를 선호하는 것 같다"고 전했다.

오랜 연애로 설렘이 없어요

오랜 연애로 너무 익숙해져 버려서 더 이상 설렘이 느껴지지 않아요. 저희 둘 사이에 딱히 큰 문제가 있는 것은 아니지만 서로 너무 익숙해져서 그런지 설렘이 없어진 것 같습니다. 얼마 전 다른 여자친구가 프러포즈를 했는데 받아들여야 할지 잘 모르겠습니다. 설렘이 없는 우리의 관계, 과연 사랑일까요? 아니면 단순히 익숙함 때문에 만나는 걸까요?

가끔 오랜 연애는 사랑인지 우정인지 의문을 갖게 합니다. 그리고 다른 이성에게 관심을 가져보며 신선한 연애를 가져볼까 고민하는 경우도 있습니다. 현재 여자친구분과의 익숙한 만남이 사랑인지 아닌지 의심이 된다는 것은 다른 이성에게 흔들리고 있는 마음의 변명으로밖에 보이지 않는군요. 처음에 만났을 때 설레며 시작된 사랑이 어느 순간 익숙함으로 변해간다는 사실을 알고 있을 것이라 생각합니다.

먼저 본인의 감정에 솔직해지기를 바랍니다. 그리고 현재의 여자친구분과의 관계를 어떻게 할 것인지 고민해 보세요. 프러포즈를 받아들이실 의향이 있다는 것으로 보아 마음은 이미 여자친구를 떠난 것 같지만 말입니다. 충분히 생각할 시간을 가지고 현명한 판단을 하시길 바랍니다.

난 그저 사랑해달라며
한 남자 앞에 서 있는 여자일 뿐이에요

영화 《노팅 힐》 중

Part 3
연애의
정석

다양한 사례를 통해 보는
당신의 연애 성공 길라잡이

맞선 상대가 마음에 들지 않을 때 거절하는 법

엊그제 친구의 소개로 맞선을 보았습니다. 키도 크고 외모도 크게 나무랄 데 없는, 전문직에 종사하는 여성분이었습니다. 그래서 애프터 신청을 했고, 그녀도 승낙을 하더군요. 하지만 첫 만남은 마음에 들어 기분 좋은 데이트를 했는데, 두 번째 만남에서의 그녀는 말도 함부로 하고 무례해 보였습니다. 부모님이 많이 아프신데 부모님 때문에 짜증이 난다는 것이었습니다. 자신의 부모님을 남 앞에서 깎아내리는 태도에 그녀에 대한 호감이 뚝 떨어졌습니다. 그 자리에서는 거절하기가 좀 그래서 일단은 내색하지 않고 헤어졌는데 어떻게 거절해야 할지 도무지 모르겠습니다. 그래도 마음이 다치지 않게 거절하고 싶습니다.

　처음에는 몰랐으나 두 번째 데이트에서 여성분에 대해서 크게 실망하신 모양이군요. 그렇다면 최대한 정중하게 본인의 의사를 밝히세요. 상대방의 허물을 집어서 거절 사유를 들거나 전화를 안 받거나 문자를 거절한다거나 하는 매너 없는 행동은 삼가시고요. 연인 사이로 발전하지 않더라도 맞선 자리에서 만난 사람들과 인간관계를 유지하시는 분들을 종종 봅니다. 수많은 사람 중에서 두 사람이 만난 것도 특별한 인연인데 그 인연을 가차 없이 딱 잘라버리기보다는 인맥으로 남겨두는 것도 좋은 방법이 아닐까요? 그 인맥을 통해 예상치 못한 멋진 인연을 만나게 될지도 모르는 일이니까요.

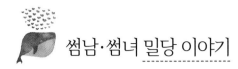

썸남·썸녀 밀당 이야기

여성들이 흔히 보여주는 '튕긴다'라든지 '내숭 떤다, 바쁜 척한다, 인기 많은 척한다' 모두 밀당으로 작용할 수 있다. 한때 유행했던 여성들이 선호하는 '나쁜 남자'들의 행동들-관심없는 태도와 터프한 행동, 시크한 말투 그러나 한 번씩 보여주는 자상한 매너-도 밀당 매력의 한 부분으로 볼 수 있다. 적당한 밀당은 연애를 전개해 나가는 데 있어서 어느 정도는 윤활유 같은 기능을 해주기도 한다. 하지만 이 '밀당의 기술'에도 한계선은 있다. 밀당의 경계는 어디쯤일까?

- CASE 1. '썸남'이 '썸녀'에게 메시지를 보낸다.(썸녀가 음악을 좋아한다는 점을 이용해서 음악과 영화를 동시에 해결하고 점수 좀 따기 위해)

남 금요일에 시간 있어?

여 금요일? 왜?

남 전에 네가 영화 '비긴어게인' 얘기한 거 생각나서. 보러 갈래?

여 아, 나 오전엔 약속이 있는데…….

남 그럼 오후에 볼까?

여 그러지 뭐.

이 경우 여성은 썸남에게 '주말에 약속 없는 여성'의 이미지를 주고 싶지 않아 굳이 약속이 있다는 이야기를 했을 가능성이 크다. 그러나 그럼에도 남성이 한 번 더 만남을 청해주길 바라는 마음 때문에 '오전'이라는 한정된 시간대를 언급했을 것이다. 이런 경우 남성이 적절히 '그럼 오후에 보자'고 대처해준다면, 성공적인 밀당 케이스라고 볼 수 있을 것이다.

• CASE 2. '썸남'이 '썸녀'에게 메시지를 보낸다.

남 금요일에 시간 있어?

여 음, 글쎄… 왜?

남 전에 네가 영화 '비긴 어게인' 얘기한 거 생각나서. 보러 갈래?

여 아, 나 그날 약속이 있어.

남 아, 그래? 할 수 없지 뭐.('이제 뭐라고 하지?')

여 …….('이게 아닌데… 토요일에 만나자고 할 줄 알았는데…')

이 경우에 여성은 어떻게 대화를 끌어갈 것인가? 여자로서 자존심은 지키고 싶고, 주말에 약속 없는 여성으로 비춰지기도 싫어 저런 태도를 취했는데 막상 대답을 들은 남성은 단호한 거절로 여겨 더 이상의 제안을 하지 않았다. 여기서 여성이 '그럼 토요일에 볼래?'라는 말을 하지 못한다면 이것은 불필요한 소모전으로 끝나버릴 가능성이 높다. 두 사람다 '이 대답은 어떤 의미지?'라고 고민만 하다 더 이상의 대화를 이어가지 못하고 끝날 것이기 때문이다. 그리고 이후에 다시 서로 간의 '썸씽'을 전개시켜 나가려면 더욱더 신경을 써야 할 가능성이 커진다. 상대방의 마음을 알 수 없게 되었기 때문이다.

밀당은 적당한 긴장감과 약간의 '자존심 주고받기'다. 성공적인 밀당을 위해서는 항상 여지를 남겨두어야 한다. 선을 넘어가면 오히려 상대방과 나 사이에 벽을 치는 것밖에는 되지 않는다. 그러므로 불필요한 소모전으로 내가 좋아하는 상대가 지쳐버리지 않도록, 밀당과 소모전의선을 지켜주자. 또한 밀당도 좋지만 내 마음을 조금씩이나마 표현해주는 것도 이 '썸씽'의 원활한 전개에 필수조건일 것이다.

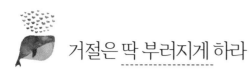

거절은 딱 부러지게 하라

'고백 거절 방법으로 가장 좋은 것은?'이라는 설문조사 결과에 따르면, 약 40%의 응답자가 "딱 잘라 거절하는 것이 낫다"고 답했다. 상식적으로는 상처받지 않게 돌려서 얘기한다거나 정중하게 거절하는 것이 맞을 듯 한데 많은 미혼 남녀가 선택한 답은 바로 '딱 잘라 거절'이었다.

실제로 고백을 받았을 때 적지 않은 사람들이 딱 잘라 거절하는 대신 돌려 말하는 방법을 사용하는데, 문제는 여기서 시작된다. 돌려 말한다고 말하다 보니, 거절당하는 상대로서는 돌려 말하는 사람의 속을 알 수가 없게 되니 말이다. 예를 들면 이런 이야기들이 오해를 불러일으킨다.

"당신은 능력 있고 성실하니까 나보다 더 나은 사람을 만날 수 있을 거예요."

"그냥 편안한 친구로 지냈으면 좋겠어."

"쉽게 만났다가 우리 사이가 변해버리는 건 싫어."

이런 말들이 거절당하는 이로 하여금 '다시 한 번 도전해 봐도 되지 않을까?' 하는 여지를 갖게 한다. 심지어는 '열 번 찍어 안 넘어가는 나무 없다'는 속담을 되새기는 사람들도 있다. 하지만 대부분은 이런 경우 어장관리 당하는 물고기 중 한 마리가 되거나 지지부진한 우물만 파다 시간만 낭비하게 되고 마는 수가 있다. 거절하는 상대방의 '호의'나 '어장관리 욕심'에 말려들지 말라는 얘기다.

그렇기에 거절하는 이들이여, 부디 상대방에 대한 최소한의 예의를 지키고 싶다면 확고한 의사 표현을 하라! 확고함을 담은 정중한 표현도 얼마든지 있을 수 있다. 나 갖긴 싫고, 남 주긴 아깝다는 생각으로 날 좋아해준 상대방을 농락하지 말자. 핵심을 알 수 없는 모호한 말보다 상대방이 새로운 인연의 기회를 찾아갈 수 있도록 정확한 표현을 해주는 게 정답이다.

우리 삶에서 가장 위대한 일은
누군가를 사랑하고 사랑받는 것이다

영화 《물랑 루즈》 중

여자가 먼저 애프터 신청해도 되나요?

얼마 전 짝찾사를 통해 한 남자분을 만났는데 정말 제 가슴을 두근거리게 해 준 남자였어요. 그런데 그 남자는 첫 만남 이후로 문자만 몇 번 보내고 적극적으로 만나자고 하지는 않네요. 두 번째 만남이라도 가져야 첫 번째 만남에서 보여주지 못한 저의 매력을 보여줄 수 있을 텐데 말이죠. 먼저 만나자는 말을 전혀 안 하시네요. 여자인 제가 먼저 애프터 신청을 하고 싶지만 좀 망설여지는 게 사실이고요. 여자가 먼저 대시하면 남자들은 여자에 대한 호감이 떨어진다는 말도 들은 것 같아서 좀 겁나네요. 정말 놓치고 싶지 않은 분인데 어떻게 해야 할까요?

자주 만나다 보면 상대의 장·단점이 보이게 됩니다. 이제 시작하는 단계라면 더 이상 텀을 두기보다는 먼저 연락을 취해 만남을 가져 보시는 것이 좋을 듯합니다. 상대에게 좋은 호감을 갖고 있다는 것만으로도 상대에게 기분 좋은 일이 될 수 있습니다. 먼저 연락을 취한다고 해서 흥이 될 것은 전혀 없으며 마음에 있어도 행동하지 못하고 후회하는 남녀들이 의외로 많습니다. 긴가민가 가늠하는 사이에 마음이 돌아서는 경우가 생기지 않도록 좋은 인연으로 만들기 위해 최대한 노력해 보시길 바랍니다.

친구가 연인이 될 수 있을까요?

7년 넘게 알고 지낸 이성친구가 있습니다. 서로 가정사와 연애사도 모두 꿰고 있고, 누구에게도 말하지 못하는 고민까지 터놓고 얘기하는 사이입니다. 비 오는 어느 날 술 한잔하고 노래방에 가서 가볍게 스킨십을 하게 됐고, 그의 품에 안기게 되는 그 사건을 계기로 가슴 두근거리며 설레는 사이가 되었습니다. 그러나 그런 관계는 얼마 가지 못하고 이성으로서 별 매력을 못 느낀다며 헤어지자고 해서 헤어졌습니다. 그 이후 저는 새로운 애인과 헤어진 지 1년 정도 됐고, 그 친구도 다른 여친을 만났다 헤어져 현재 여자친구가 없는데 술만 마시면 밤늦게 전화가 옵니다. "다른 사람을 만났지만 네 생각만 난다. 그땐 나에게 네가 그렇게 소중한 줄 몰랐어. 우리 다시 만나면 어떨까?"라고요. 그 친구를 어떻게 해야 할까요? 다시 시작해도 될까요?

어떤 사람이 용산 전자상가에 갔습니다. 1층에 마음에 꼭 드는 물건이 있었는데 주인에게 물어보니 그 물건은 하나밖에 남지 않았답니다. 그러나 그는 혹시 모르니 다른 곳을 좀 더 둘러보고 오겠다고 합니다. 2층에서 4층까지 다 둘러보고 많은 시간이 지나 '1층에서 봤던 물건만한 것은 없구나' 하고 다시 1층으로 내려갔는데 그 사이 물건은 팔리고 없었습니다. 이 사람은 매장 주인을 보고 간절히 애원을 해봅니다. "다음에 그 상품을 또 들여놓으시면 꼭 다시 연락주세요."

진실한 사랑은 "이 사람 저 사람 다 만나 봐도 네가 최고더라" 하는 상대적인 것이 아니라 어떤 사람 속에서 유일한 사람이어야 합니다. 혹시나 하는 마음으로 옛 애인과 연락이 닿아도 행복한 결말은 그려지지 않습니다. 그 사람은 습관처럼 소중함을 잊고 또 다시 다른 매장을 둘러보러 갈 확률이 높기 때문입니다. 옛 추억으로 헤어진 사람과 다시 만나고 싶기도 합니다. 그러나 일시적인 감정일 수 있으니 실수를 범하지 말아야 합니다.

세 번 이상 만남이 지속되지 않아요

소개팅을 하면 처음에는 저에게 호감을 보인 여성들도 두세 번 다시 만나게 되면 시큰둥해지곤 합니다. 전 나름대로 연락도 많이 하는 편이고 재미있게 해주려고 노력하는데 도대체 왜 그런 걸까요? 한두 번도 아니고 이러한 상황이 계속 반복되니 고민이 됩니다. 나중에 정말 좋아하는 사람을 만났는데 잘 안되면 어쩌나 하고요.

AnSwer

    사다리는 한 번에 한 계단씩 올라가야 합니다. 사람 내면의 아름다움은 사다리를 올라가듯이 차근차근 올라가면서 드러나는 것입니다. 자신의 가치를 한번 생각해봅시다. '내가 아주 특별한 존재, 오직 한 사람, 온 세상을 통틀어 보아도 절대적으로 완벽한 존재일까?' 우리는 마음이라는 창구를 통해서만 세상을 알 수 있습니다. 마음이 평화로우면 세상도 평화롭습니다.

    여성도 남성과 마찬가지로 호감을 느낀 상대가 자신을 많이 좋아하고 있음을 느끼는 순간 어느 정도의 긴장감이 사라지게 됩니다. 만남 초기에 자신의 모습을 한꺼번에 보여주기보다는 만날수록 새로운 모습을 보여주는 매력이 필요합니다. 자신만의 색깔을 가지기 위해 노력해 보세요.

내가 좋아하는 남자, 나를 좋아해주는 남자, 누구를 선택해야 할까요?

제가 6개월 정도 짝사랑하는 A라는 남자가 있습니다. 하지만 A와는 그냥 아는 사이 정도로 지내고 있습니다. 그러다가 몇 개월 전에 우연히 소개팅을 하게 되었는데 거기서 만난 B라는 남자와 말이 잘 통해서 굉장히 즐거운 시간을 보내고 헤어졌습니다. 그 후부터 B의 적극적인 구애가 시작되었습니다. 저도 저를 좋아해주는 B가 싫지는 않습니다. B를 좋아하긴 하지만 그보다는 A를 훨씬 더 많이 좋아하고 있습니다. 그렇다고 B를 놓치기엔 앞으로 저를 이만큼 좋아해주는 남자를 만나기도 힘들 것 같고요. 이제는 마음을 정하고 싶습니다. 제가 너무나 좋아하는 남자와 저를 너무나 좋아해주는 남자, 누구를 선택해야 후회가 없을까요?

AnSwer

    짧은 시간에 그 사람의 마음을 알고 싶다면 하기 싫은 일만 골라서 해보십시오. 그 사람이 두려워하는 일만 해보세요. 이것은 나의 욕망과 나의 익숙함에 비롯되는 그 반대의 나를 생각해보라는 말입니다. 만남의 횟수가 늘어날수록 그 사람의 빛은 더욱 밝아지고, 그 사람에 대한 밝은 빛과 더불어 그 반대의 짙은 그림자를 보고 진실된 사람의 마음을 알게 될 것입니다.

    당신의 마음도 몰라주는 남자를 바라보는 것만으로도 만족하고 계신다면 그 마음이 굉장히 크신 것 같습니다. 다른 사람을 그 정도로 좋아하면서 누군가에게 마음을 주기란 힘들 것 같습니다. 결국에는 B라는 남성분도 상처를 받게 될 것입니다. A를 향한 마음을 완전히 정리할 자신이 없으시다면 지금이라도 B가 마음을 정리할 수 있게 도와주시기 바랍니다.

잘나가는 그녀와 소심한 A형

　제 여자친구는 얼굴도 몸매도 거의 모델 수준이고 현재 대기업에 다니는 잘나가는 커리어 우먼입니다. 그녀의 아버지 또한 대학교수시고 집안도 대단하고요. 그녀의 성격 역시 털털하고 좋아서 남녀 모두에게 인기가 많은 그런 여자입니다. 대인관계가 좋다 보니 돈 씀씀이도 장난 아니지만요. 하지만 저는 조용하고 약간 소심한 A형이고 그녀보다 무엇 하나 잘난 게 없습니다. 외모도 집안도 학벌도 연봉까지요. 그래서 주변 사람들이 결혼하면 제가 감당하기 힘들 거라고 모두 헤어지라고 합니다. 저는 정말 그녀와 연애를 하면 안 되는 걸까요?

　한 가지 조언만 해드리고 싶습니다. 생각이 많은 당신이 여자친구와 결혼까지 생각한다면 충분히 결혼에 대해 심사숙고했을 거라고 생각합니다. 상대 여성분이 님을 너무 좋아하고 님이 아니라면 안 된다는 생각으로 자신을 님에게 맞춰 변화할 수 있다는 생각이 든다면 연애를 지속해도 되겠지만, 님이 계속 감당하기 버거운 상태가 지속된다면 연애와 결혼에 대해서 다시 한 번 생각해 보는 것도 나쁘지 않습니다. 결혼은 서로 보완하는 것이며 양보와 희생이 따른다는 것도 잊지 마세요.

능력 없는 남자친구
'돈, 그것이 문제로다'

저는 직장인이고, 제 남자친구는 아직 학생입니다. 남자친구는 29살이고요. 학업 때문에 서울에서 혼자 자취를 하고 있고, 예전에 바람도 피우고 돈도 많이 써서 제 속을 많이 태웠었지만 지금은 마음을 잡은 상태입니다. 현재 저는 남자친구한테 많이 의지를 하고 있는 편이고요. 그런데 몇 달 전에 알게 된 회계사가 저에게 호감을 보이고 있습니다. 몇 번 만나서 놀러 가기도 하고 전화 통화도 자주하는 편인데 능력도 있고 성격도 저와 잘 맞습니다. 제가 결혼 적령기라서 요즘 결혼을 생각하고 있는데 제 남자친구는 아직 그럴 처지도 아니고요. 제 마음을 저도 잘 모르겠습니다. 어떻게 해야 되죠?

지금 당장의 환경이나 경제력보다는 그 사람의 꿈과 미래의 가치에 관심을 가져야 합니다. 사람을 보는 눈은 다양한데, 우리가 진정으로 사랑할 수 있는 올바른 연애 가치관을 위해 무엇을 해야 하는지 알고 사랑을 해야 합니다. 일단 그 올바른 연애 가치관에 가장 밑바탕에 깔려야 할 건 바로 우리의 어린아이 같은 순수한 진정성이 아닌가 싶습니다. 여러 가지 상황이 불안정적인 애인과 능력 있는 새로운 사람 사이에서 갈등이 되는 것은 어찌 보면 당연한 일이라 생각됩니다. 하지만 현재 남자친구와 결혼까지 생각하고 있다면 만나왔던 기간 동안 그만큼의 신뢰가 쌓인 것이 아닌가 싶습니다. 그 신뢰를 바탕으로 좀 더 지켜봐 주시는 것은 어떨까요?

남친의 외모가 자꾸 마음에 걸려요

6개월 정도 사귄 남자친구가 있습니다. 성격도 좋고 능력도 있고 저를 많이 아껴주는 사람이라 부모님도 마음에 들어 하십니다. 그동안 살아오면서 제가 상대의 외모를 본다고 생각해 본 적이 없는데 남자친구의 외모가 정말 마음에 안 든다는 것이 문제입니다. 전화 통화를 할 때는 정말 좋은데 막상 만나면 정이 떨어진다고 해야 하나? 키도 170cm 정도로 별로 크지 않고 눈, 코, 입도 뚜렷하지 않아 마치 호빵맨 같습니다. 사람을 외모로만 판단하면 안 되지만 정말 제 스타일이 아니다 보니 6개월을 만났는데도 쉽게 마음이 열리지가 않습니다.

겉은 아름답게 포장된 포장지에 속은 마음이 없는 선물이라면, 겉은 향이 나고 밝게 빛이 나지만 마음이 그렇지 않을 수 있습니다. 겉보다는 속이 아름답고 착하고 성실한 사람이 우선 아닐까요? 그리고 사람의 외모는 마음에 따라 달라 보이는 것이라 생각됩니다.

모든 것을 두루 갖춘 남자라면 님께서 또 다른 면으로 신경 쓰셔야 할 부분이 있기 때문에 결혼 상대자로 적합하지 못한 부분이 있을 수 있습니다. 인연이라는 것은 서로 완벽하게 만족하는 상대끼리 만나는 것이 아닙니다. 님을 세상에서 가장 소중하게 생각하고 사랑하는 사람은 가족을 제외하고는 많지 않습니다. 정말 정이 떨어질 만큼 외모가 마음에 들지 않는다면 남성분의 헤어스타일이나 패션에 대해 조언을 해주는 것도 좋습니다. 그리고 남성은 나이가 들면서 중후하고 여유 있는 모습으로 바뀌는 경우가 많으므로 당장의 외모로 사람을 판단하는 것은 섣부릅니다.

양다리 걸치는 남자 VS 양다리 걸치는 여자, 그것이 알고 싶다

날마다 그의 휴대폰과 SNS를 감시하며 혹시 바람피우고 있지는 않을까 노심초사하는 중이라고? 당신의 목표가 '그가 바람피운다는 사실을 입증하는 것'이 아니라면, 이제 그를 향한 의심과 집착을 거둬야 할 때이다. 그와 오래오래 사랑하고 싶다면 오늘부터라도 스스로 불안해지지 않는 연습을 시작해보자.

어느 날부터 휴대전화 잠금 패턴을 복잡하게 바꿨다. 패턴을 몰래 보고 외운 뒤 남친이 없는 틈을 타 휴대전화를 확인하는 여성이 있다는 걸 남성들은 알고 있다. 그래서 무언가 숨기는 게 있는 남자라면 당연히 복잡한 패턴을 선호한다. 여친이 패턴을 훔쳐봐도 절대 외울 수 없을 정도로 말이다. 휴대전화를 늘 반경 30cm 이내에 두고, 절대 빌려주지 않는다. 썸녀에게 전화가 걸려 오더라도 언제든지 빛의 속도로 수신 거절할 수 있는 거리를 늘 유지하며, 당신이 게임을 한번 하고 싶어서 혹은 배터

리가 없어서 휴대전화를 빌려달라고 하면 흠칫 망설이는 남자는 무언가 감추고 있을 확률이 높다. 연애 초기에는 칼퇴근하고 당신의 회사 앞 커피숍에서 꽃까지 사 들고 기다리던 남친이 어느 순간부터 이직을 한 것도 아닌데 갑자기 야근이 잦고, 저녁 약속을 당일에 취소하는 경우가 많아졌다면 의심해 볼 필요가 있다. 회의 중이라며 저녁에 통화를 못 하는 건 기본이고, 미리 약속했던 저녁 데이트까지 당일에 취소하는 일이 빈번하다면 당신의 촉은 정확할 수 있다. 갑자기 SNS를 포맷하거나 나와 찍은 사진을 전부 지웠다거나 이런저런 핑계를 대며 잘 있던 SNS 게시글을 삭제하고, 폐쇄하는 등 SNS를 통해 갑작스러운 변화를 보인다면 의심할 만하다. 휴대전화로 메신저를 하면서 대화창을 전부 삭제하는 행동 역시 빨간불이다. 함께 있을 때 휴대전화를 뒤집어놓고 늘 휴대폰 앞면을 절대 공개하지 않는다면 이것은 당신이 발신자를 확인할 수 없게 하기 위함일 수 있다. 게다가 평소 멋 부리는 데는 관심도 없던 그가 어느 순간부터 패션에 관심을 갖기 시작했다면 의심해 볼 필요가 있다. 더구나 "그날 입었던 옷 괜찮았어?"라며 자신의 외모나 스타일을 확인하려 한다면 말이다. 또한 약속을 늘 즉흥적으로 잡으려고 한다거나 거의 모든 데이트 약속을 하루 전날 잡는다면 당신 외에 다른 썸녀와의 스케줄까지 관리하는 중일지도 모른다. 사소한 것에도 화를 내고 자꾸 싸움을 걸거나 헤어질 구실을 찾는 특징은 성격 급한 남성들에게 많이 나타나는 증상이다. 싸움을 거는 것은 나에게 그만큼 불만이 많아지고 있다는 증거일 수 있다.

7년간의 연애, 권태기 극복법

　요즘 그녀는 제가 하는 모든 일에 불만투성이입니다. 제 옷이며 머리
스타일, 말투까지 딴죽을 걸고 주말에 만나자고 약속을 해 놓고도 귀찮
다며 약속 시간 1시간 전에 약속을 깨버리기 일쑤입니다. 아마도 7년간
의 연애에 권태기가 찾아온 것 같습니다. 저는 여전히 그녀의 모든 것이
좋습니다. 그래서 그녀의 이런 행동은 제게 큰 상처가 됩니다. 그녀를 가
만히 두는 게 좋을까요? 권태기를 극복할 수 있는 방법 좀 알려주세요.

AnSwer

7년간 한 사람과 연애를 했을 때 찾아오는 권태기는 어찌 보면 당연한 것일 수 있습니다. 그러니 너무 심각하게 생각하지 않으셔도 될 것 같습니다. 여자친구와 대화를 시도한 후 여자친구분의 태도가 조금이라도 긍정적으로 변했다면 우선 안심하셔도 될 것 같습니다. 이후에는 여자친구분과 함께하는 시간을 자주 가지시는 것이 좋을 것 같습니다. 평소에 가보지 않은 곳에서 색다른 음식을 먹어보기도 하고, 자그마한 선물도 준비해 보세요. 여자친구분께서 오랜 연애 기간 동안 잊고 있었던 설렘을 가질 수 있게 노력해 보시면 어떨까요?

나이는 많은데 철없는 남자친구,
사랑해도 될까?

오랫동안 혼자 외롭게 지내다가 드디어 좋아하는 남자가 생겼어요. 함께 있으면 즐겁고, 편안하게 해 주는 스타일이라 금방 좋아하게 돼버렸습니다. 그런데 이 남자가 나이에 비해 생각이 너무 어립니다. 직업은 괜찮은 편이지만 아직 돈을 모으려는 경제 관념도 없고, 미래 설계보다는 친구들과 어울려 다니면서 술 마시는 것을 더 좋아합니다. 본인이 직접 자신은 아직 앞날보다는 지금 현재에 충실하고 싶다고 하더군요. 혼기가 찬 나이에 이런 철없는 남자를 좋다는 감정 하나로 덜컥 사귀어도 되는지 고민입니다.

    정말 그 사람이 내 사람이라고 생각하신다면 그 사람이 더욱 밝아지고 자신감을 생기게 만들어주면 어떨까요? 오랜 솔로 기간으로 인해 많이 외로운 상태이신 것 같습니다. 또한 쉽게 사람에게 빠지는 타입일수록 단지 외롭다는 생각으로 사람을 만나는 것은 경솔합니다. 좋아하는 감정이 있지만, 그분의 철없는 행동이 신경이 쓰이신다면 사귀는 동안에 그 점이 헤어지는 원인이 될 가능성이 큽니다. 단지 외로움을 달래줄 분이 필요하신 거라면 서로 의지하며 사귀는 것도 좋지만, 그렇지 않으시다면 스스로 솔직하게 그분을 좋아하는 건지 물으실 필요가 있습니다.

사랑할수록 사생활을 인정하라

A는 오늘도 남자친구 B와 말다툼을 했다. A가 잠시 자리를 비운 사이 남자친구가 또 자신의 휴대전화를 몰래 보고 있었던 것. 화가 난 A는 "왜 남의 휴대전화를 보냐?"며 따졌고, B는 "연인 사이인데 뭐가 어떠냐! 혹시 뭐 숨기는 거라도 있냐?"며 오히려 더 기분 나빠했다. 이렇게 계속되는 싸움에 A와 B 모두 지쳐만 간다.

위와 같은 사례로 다투는 연인들이 꽤 많다. 휴대전화의 통화 목록이나 메시지를 확인하는 일 외에도 이메일, SNS, 미니홈피 등의 아이디와 비밀번호까지 공유하는 커플들도 의외로 많다. 이러한 행위가 서로 합의하에 원해서 이뤄지는 것이라면 전혀 문제될 것이 없지만 한쪽이 사생활 침해를 이유로 반감을 드러내기 시작하면 사이가 삐걱될 수밖에 없다. 사랑하는 사이라면 아주 사소하고 비밀스러운 부분까지 모두 공유해야 하는 것일까? 아니면 사생활을 지켜주는 것이 바람직할까? 연인 사이라도 모든 것을 공유하고 모든 것을 알고 있어야 한다고 생각하는 것은 굉장히 위험한 발상이다. 그런 생각을 하는 순간 자신도 모르게 상대방에게 집착하게 되고 사소한 것에 예민해질 수밖에 없으며 더 큰 상처를 받을 수밖에 없다. 사랑은 곧 믿음이다. 믿음이 전제돼 있을 때 보다 성숙하고 안정된 사랑을 지속해 나갈 수 있다. 따라서 나를 상대방과 동일시하지 말자. 나는 나일 뿐이다. 이 사람을 만나기 전까지 나는 직장생활 열심히 하고 친구들과 좋은 관계를 유지했던 성숙한 인간이었다. 그런데 간혹 사랑만 하게 되면 앞뒤 못 가리고 상대방에게 푹 빠져서 모든 것을 함께 하고 알아야만 한다고 믿는 사람들이 있어 문제다.

물론 사랑에 빠지면 이는 어쩌면 당연한 현상일 수도 있겠지만 도가 지나치면 집착이고, 이는 곧 상대방을 질리게 만드는 행동이며 결국에는 둘의 관계를 악화시킬 수도 있다. 그러므로 상대방의 모든 것을 알려고 하지 말자. 대신 나 자신을 좀 더 사랑하고 아끼는 마음가짐이 필요하다.

애인을 하루쯤 만나지 않아도 즐거운 시간을 보낼 수 있도록 평소에 친구 관계를 잘 유지해놓을 필요가 있고, 애인의 일거수일투족을 알고 있지 않아도 다른 것에 눈길을 돌릴 수 있는 새로운 관심사를 만들어 놓는 것도 좋다. 이기적이고 자기중심적인 수준이 되면 위험하겠지만 그 정도가 아닌 이상에야 나 자신을 사랑하고 열정적으로 사는 것은 연인 관계를 더 건강하게 유지할 수 있는 방법이 될 수 있다.

Part 4
결혼은
현실이다

성공적인 결혼은 늘 똑같은 사람과
여러 번 사랑에 빠지는 것을 필요로 한다

이 사람과 정말 결혼해도 될까?

남자친구와 저는 만난 지 3년 정도 됩니다. 이 사람과 저는 사귀면서 거의 싸워본 적이 없을 정도로 성격이나 취향이 정말 잘 맞습니다. 하지만 남자친구의 집안과 경제적인 부분이 많이 취약합니다. 남친 부모님은 시골분들이고 학력은 초등학교 졸업이 전부입니다. 그래서 남친이 거의 집안 뒷바라지를 다 하고 있고요. 결혼을 하더라도 그 뒷바라지는 계속하게 될 것 같습니다. 제가 너무 이기적인가요? 하지만 결혼은 현실이라고 생각하기에 이런 부분을 간과하기가 너무 힘드네요. 남자친구는 서로 같이 벌면서 맞춰 가면 되는 거 아니냐고 하는데…… 글쎄요. 제가 너무 속물인 걸까요?

AnSwer

　한 사람을 진정으로 오랫동안 사랑하기 위해서는 진정성과 사랑이 조합되어야 그 힘을 발휘하게 됩니다. 하지만 둘 중 어느 하나라도 텅 비게 된다면 결국 반쪽짜리 사랑이나 공허함 그리고 자신에게 아무런 가치가 없는 사랑이 되어 버립니다. 본인이 어느 정도 경제적 능력을 갖추었다면 그 능력을 발판 삼아 남성분과 결혼 생활을 영위해 나가는 것이 가능할 거라 생각합니다. 결혼은 조건과 사랑 어느 한 가지만 가지고 하는 것이 아니라 두 가지가 적절히 조화를 이루어야 가능합니다. 결혼 후 남성분이 자신의 능력을 펼칠 수 있도록 응원해주고 믿어주시면 남성분도 더 힘을 낼 수 있고 여성분과의 결혼 생활에 더 큰 만족과 행복감을 느끼실 것 같습니다.

결혼을 하려니 성격이 걸려요

여자친구의 성격을 받아주기가 힘들어요. 저는 20대 후반의 남성입니다. 현재 3살 차이가 나는 여자친구와 사귀고 있는데요. 제 여친 성격이 좀 다혈질이라서 잘해줄 때는 정말 잘해주고 친절하지만 한 번 화가 나면 물불 가리지 못하고 할 말 못할 말 다 해버립니다. 저의 인격과 자존심을 깎아내리는 발언을 할 때도 많고요. 그러다가 다음 날 화가 풀리면 또 아무렇지 않게 평소처럼 사랑스러운 모습으로 돌아옵니다. 이런 성격을 가진 여자친구를 어떻게 대해야 할지 고민입니다.

　진정한 사랑의 파수꾼이 될 수 있는 올바른 연애 가치관을 가진 아름다운 사람이 되어 빛나는 사랑을 하고 있는지 자문해 보세요. 자신의 마음을 잘 점검해 보세요. 당신의 궁극적인 목표가 과연 무엇인지 말입니다.

　여자친구와 결혼도 생각하고 있고 성격도 받아줄 수 있다면 크게 문제될 만큼의 성격적 결함이 있다고는 생각되지 않습니다. 그러나 성격 차이는 결혼 생활에 지장을 줄 수 있는 중요한 문제이므로 결혼을 결정하기 전에 서로를 사랑하는 마음으로 진지하고 솔직한 대화의 시간을 자주 가지길 바랍니다.

맞벌이를 원하는 남친이 부담스러워요

QueStion

저희는 만난 지 일 년이 조금 넘은 커플입니다. 둘 다 나이가 20대 후반이라 만나고 얼마 안 된 후부터 결혼 얘기가 오고 갔습니다. 저는 결혼을 하면 지금 하는 일을 그만두고 집에서 남편의 뒷바라지를 하며 살림을 할 생각이었습니다. 그러나 제 남자친구는 결혼 후에도 함께 경제활동을 하길 바랍니다. 현재 남자친구는 나름대로 번듯한 회사에 다니고 있고 연봉도 넉넉해서 결혼 후에 제가 일을 그만두어도 상관없을 거라 생각했거든요. 결혼 후에도 맞벌이를 하길 원하는 남친이 좀 부담스럽습니다. 어떻게 해야 할까요?"

AnSwer

UN의 보고 자료에 의하면 100세 시대 청년의 나이가 60세라고 합니다. 충분히 준비하지 못한 불안한 노후, 사랑은 있으나 돈이 없거나 경제력이 부족하여 결혼을 못하거나 경제력으로 이혼하는 가정이 많습니다. 한 개인의 문제라기보다는 사회 전반적인 정책의 문제 때문입니다. 여자가 집에서 집안일 하고 아이 키우고 밥하고 빨래하는 시대는 지났습니다. 사랑하는 사람과 결혼해서 남들보다 더 좋은 환경을 누리며 행복한 신혼을 즐기고 태어난 자녀에게 더 좋은 교육환경을 제공해주고 편안한 노후를 보내야겠다는 생각은 해보셨는지요? 본인의 생각을 남자친구에게 충분히 전하는 것이 급선무일 것 같습니다. 이 문제는 혼자서 아무리 생각을 한다고 해도 결론이 나올 문제가 아니기 때문이죠. 먼저 남자친구분과 많은 대화를 나누시길 권합니다. 그리고 대화를 하실 때는 먼저 상대방의 입장에서 생각하시고, 감정을 상하게 할 만한 발언은 삼가시는 것이 중요합니다.

결혼이 코앞인데 헤어지고 싶은 마음이 들 때

Q 여자친구와 드디어 다음 달에 결혼하게 됐습니다. 4년 동안 권태기도 없었을 만큼 여자친구를 정말 사랑했습니다. 하지만 막상 결혼식이 다가올수록 결혼을 결정한 걸 후회하게 됩니다. 다른 여자들을 많이 못 만나 본 것도 후회되고, 이제 한 가정을 책임지는 가장이 된다는 사실도 회피하고 싶어집니다. 그래서 계속 여자친구의 연락도 피하게 되고 짜증도 늘어가는 것 같습니다. 이런 마음이 든다면 지금이라도 파혼을 해야 할까요?

Q 첫눈에 반해 여자친구와 1년 동안 교제를 해왔습니다. 그리고 한 달 후면 저희의 결혼식입니다. 근데 그녀가 자꾸만 결혼을 미루자고 하네요. 1년의 교제 기간이 너무 짧고, 아직 자기는 결혼할 준비가 안됐다면서요. 저 어떡하면 좋을까요? 그녀를 어떻게 설득시키죠?

제가 상담한 어떤 분은 결혼 날짜를 잡고 이미 청첩장을 돌렸는데 연애 기간 동안 몰랐던 남자의 이상한 행동을 느끼고는 결국 부모님께 결혼을 안 하겠다고 말씀드렸습니다. 부모님은 '청첩장도 이미 다 돌렸고, 어떻게 사람이 다 마음에 들 수 있느냐, 살면서 맞춰가는 거다'라고 설득하셨답니다. 그분은 마음에 들지 않았지만 어쩔 수 없이 결혼을 했고, 결국 신혼여행을 가서 더욱 마음이 굳어져 바로 이혼을 했습니다. 결혼도 하기 전에 헤어지고 싶은 마음이 더 크다면 좀 더 시간을 두고 서로를 지켜보는 방법이 더 현명할 것 같습니다.

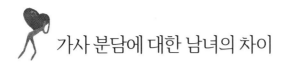

가사 분담에 대한 남녀의 차이

저는 30대 후반의 직장 여성입니다. 제가 일 욕심이 많아서 60살이 될 때까지는 계속 일을 할 생각입니다. 그렇기 때문에 결혼할 사람이 가사 분담에 적극적으로 협조해야만 결혼 생활을 영위해 나갈 수 있을 거라는 생각이 듭니다. 아무리 경제력이 뛰어나더라도 집안일은 여성이 해야 한다고 생각하는 남자랑은 같이 살기 힘들 것 같아요. 그런데 대부분의 남자들은 맞벌이를 하면서도 집안일은 당연히 여자가 해야 할 일이라고 생각하더군요. 이런 생각을 가진 남자와는 만남 자체를 갖고 싶지가 않아요. 이런 제 생각이 잘못된 건가요? 결혼 후 가사 분담을 원하는 것이 욕심인가요?"

맞벌이 부부에게 가사 분담은 필수라고 생각됩니다. 부인은 일하고 집에 와서 집안일 하고 아이 키우고……. 여자들은 슈퍼우먼이 아닙니다. 아무래도 집안일을 자신의 일처럼 맡아서 해 줄 수 있는 사람을 기준으로 결혼 상대자를 선택하려 하기 때문에 남성분들의 반응 역시 민감하게 나오는 것이라는 생각이 듭니다. 결혼 후 맞벌이를 하게 되면 자연스럽게 가사 분담은 나누어 할 수 있게 됩니다. 결혼에 대한 확신이 생기기 전부터 조건을 내세우고 분할을 확실히 하려 한다면 남성분 입장에서는 거부감이 생길 수가 있습니다. 게다가 30대 후반의 남녀는 결혼에 대해 신중히 생각하는 경향이 많기 때문에 냉정하게 가사 분담을 제시하기보다는 상대방의 장점부터 먼저 생각해보시는 것이 좋겠습니다.

연애를 오래 했는데 프러포즈를 하지 않아요

저는 5살 차이 나는 남자친구와 3년째 교제 중입니다. 제 나이는 29살이고요. 전 남자친구와 빨리 결혼하고 싶은데 남자친구는 아직 결혼 생각이 없는 것 같아요. 남자친구 나이가 적은 편은 아니지만, 나이에 떠밀려 결혼하기보다는 정말 '이때다' 싶을 때 하고 싶다고 하네요. 3년 동안 만나왔고 서로 사랑하고 있다는 것도 확실한데도 말이죠. 전 빨리 프러포즈 받고 결혼해서 가정을 꾸리고 아이도 낳고 싶은데 미적거리는 남자친구 때문에 정말 답답합니다.

　개인마다 집안의 환경과 분위기, 처한 상황이 다르리라 생각됩니다. 사랑하는 사람에게 세상에서 가장 멋진 프러포즈를 받고 싶은 여자의 마음은 충분히 이해합니다. 본인과 남자친구의 나이가 결혼 적령기임에도 불구하고 남자친구분이 결혼을 미루고 있다면 그럴 만한 이유가 있을 것입니다. 여자친구분이 그 이유를 확실히 알고 계시고 이해해 줄 수 있는 사유라면 서두르지 말고 천천히 여유를 가지고 기다리는 것이 좋을 것 같습니다. 오히려 결혼을 서둘러서 남자친구에게 부담감을 주면 역효과가 날 수 있기 때문입니다. 그리고 남자친구분이 결혼을 미루는 이유가 사연에 나타난 '결혼이 정말 하고 싶을 때 하겠다'가 전부라면 주변에 결혼하신 분들이 가정적으로나 직장 내에서 안정적인 모습으로 살아가는 모습을 보여주신다든지 친구분들 아기의 돌잔치, 결혼식 등에 함께 동행해서 간접 자극을 주시는 것도 한 방법이 될 수 있겠습니다.

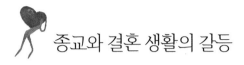

종교와 결혼 생활의 갈등

결혼할 당시 남편은 교회에 다니고 저는 독실한 불교 신자였습니다. 남편이 결혼 7년 후부터 10년간 외도를 해왔고, 저는 남편이 정신을 차리고 돌아오기를 기다리며 가정을 지키면서 시댁의 많은 제사와 대소사를 챙겨왔습니다. 10년째에 남편의 외도를 시댁이 알게 되어 남편은 어느 정도 정리하고 가정으로 돌아왔습니다. 남편은 제가 이 사실을 시댁에 알린 것에 화가 많이 나 있는 상태입니다. 돌아온 남편은 시누이에게 이끌려 성당에 다니기 시작하더니 지금은 영세자 교육을 받고 있어요. 가정에서의 태도는 여전히 냉랭하고 저에 대한 원망도 여전합니다.

남편은 곧 천주교 영세를 받는다고 하는데 제 마음은 너무 허전하고 공허합니다. 어린 나이에 나이 많은 남편을 만나 어렵게 결혼하고도 10년 이상 혼자 참고 인내하며 살아왔는데 이제 60세를 바라보는 남편이 또 다른 종교를 갖는다는 게 받아들이기 힘듭니다.

나이 들면 돌아오겠지 했는데 다른 종교를 안고 가겠다니……. 성당에 다니는 것도 교육을 받는 것도 남편은 저에게 한마디 하지 않았고 시누이를 통해서 들었습니다.

남편에게 영세만은 받지 말라고, 이제 나이 들어 나와 함께 걸어가야 하지 않겠냐고 설득해봤지만 교육 받고 영세를 안 받는 경우는 없다며 오히려 저를 나무랍니다. 저는 이대로 남편이 영세를 받으면 이제 더 이상은 같이 못 살 것 같습니다. 여성으로서 아내로서 철저히 버림받아 오다가 이제 하나 남은 끈마저 놓아야 하는가 봅니다. 종교는 제가 버텨온 힘이라는 걸 남편도 누구보다 잘 알고 있습니다. 남편이 영세를 받으면 정말 이혼을 결심해야 할지도 모르겠습니다.

AnSwer

종교적 차이로 집안의 반대에 부딪히거나 혹은 결혼해 보니 종교적인 이유로 안 맞는다는 분들이 간혹 있습니다. 이 사연에서 가장 중요한 점은 '부인은 가정을 지키고 싶어 한다'는 것입니다. 일단 종교적인 문제보다는 사랑과 의심 그리고 배신의 문제가 더 큰 것 같습니다. 남편이 가톨릭을 선택한 이유는 가톨릭이 좋아서라기보다는 부인이 싫어서 다른 종교를 갖고 싶었을 수도 있습니다. 남편과의 관계가 소원해지길 원하지 않는다면 부인이 남편의 종교에 대해 믿음과 응원을 보내주어야 하지 않을까 싶습니다. 남편의 신앙심과 미안함이 돌아오기를 부인께서 끝까지 사랑으로 인내하고 기다리신다면 부처님의 한량없는 자비가 가정에

흘러넘칠 것이라고 확신합니다.

    부부간의 결혼에 있어서 종교는 매우 중요하다. 같이 기도하고 종교 생활을 하면서 부족함을 채워가고 신부님과 스님의 말씀을 통해 더 아름답고 행복한 가정을 이룰 수 있다.

    내 주변에서도 몇 달 전 결혼한 친구의 경우, 부인은 절실한 기독교 신자이고 남편은 천주교 신자이다. 그러나 서로의 종교를 인정해주며 잘 살고 있다. 과한 종교 생활만 아니라면 종교적인 문제로 부부가 갈라서거나 못할 결혼은 없다고 생각한다. 진실한 사랑은 죽음도 넘나들기에 종교적인 문제는 별 문제가 아니라고 본다.

    실제 필자도 천주교 신자이고 부인은 기독교 집안에 장모님, 장인어른은 집사시고 권사셨다. 그러나 종교적인 문제로 서로 다툰 적은 없다. 그 이유는 서로가 자신의 종교가 우월하다고 이야기할 때마다 서로가 좋지 않은 감정을 확인했기 때문이다. 결혼은 신앙의 자유에 앞선다. 부부가 서로 사랑하고 있다면 서로의 종교를 인정해주고 더 많은 대화를 통해 개종도 가능할 것이다.

사랑은 선물이다
신이 선물한 보이지 않는 유전자이다

영화《A Walk To Remember》중

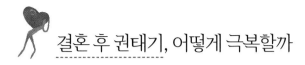

결혼 후 권태기, 어떻게 극복할까

'남자라는 동물은 숟가락 들 힘만 있어도 바람을 피우거나 피울 생각을 한다.'

모두가 그렇지는 않지만 얼굴이나 몸매가 예쁘거나 혹은 하얀 속살이 보이는 짧은 치마를 입고 가는 여성이 보이면 본능적으로 한 번 더 쳐다보게 된다. 한 남자만 바라보며 행복을 꿈꾸는 여자의 일생과는 조금 다르다.

요즘은 많은 여성들이 왕성히 경제생활을 하고 밖에서 활동하게 되면서 남성으로부터 대시를 받을 확률이 높아졌는데 이 중에는 여성이 자신의 권태기를 다른 남성과의 관계에서 이겨내려는 경우도 있다. 그러나 남성의 권태기와 여성의 권태기는 엄연히 다르다. 남성의 권태기는 잠시 바깥바람을 쐬고 돌아오는 부메랑이지만 여성의 권태기는 이혼으로 치닫거나 가정의 파탄으로 이어지기도 한다. 부부간의 권태기와 바람을 막는 십계명, 배우자의 바람을 막고 행복한 가정생활을 지키기 위해서는 무엇을 어떻게 해야 할까?

유명한 결혼 카운슬러 고산자 교수님의 책을 바탕으로 살펴보면,

● 가정생활의 중심은 아내와 남편이라는 것을 명심하자

한 가정의 중심은 시어른이나 친정어른이 되어서도 안 되고 아이들이 되어서도 안 된다. 이는 어른들이나 아이들과의 관계가 안 좋다고 해서 가정이 깨지지는 않지만 부부 사이가 좋지 않으면 그 가정이 깨질 확률이 높기 때문이다. 좋은 일이든 나쁜 일이든 아내의 편에서 아내의 입장을 최우선으로 고려하는 남편이 될 때, 아내는 남편을 절대적으로 신뢰하고 따르게 된다.

● 아내를 평생 친구로 만들어라

아내를 외롭거나 쓸쓸하게 만들지 말라는 뜻이다. 특히 친구나 술 좋아하는 남성들은 명심해야 한다. 나중에 늙고 병들었을 때 누가 끝까지 나를 돌봐줄 것인지를 잘 생각해보면 누구를 진짜 친구로 만들어야 할지를 알 수 있을 것이다. 아내와 친구가 되려면 아내와 많은 시간을 함께하고 대화를 많이 해야 하는 건 기본이다.

● 아내는 남편으로부터 큰 것을 바라지 않는다

이것이 남성과 여성의 가장 큰 차이점 중에 하나다. 물론 능력 많은 남편에게서 만족을 느끼는 여성도 있다. 그러나 대부분의 아내들은 남편

에게 큰 것보다는 부드러운 말 한마디와 터치, 예상치 못한 꽃 한 송이, 정성이 담긴 작은 선물, 이해와 배려 이런 것들을 기대한다. 남성들이 조금만 신경 쓰면 아내를 충분히 감동시킬 수 있다는 말이다. 특히 고산자 교수는 "한국의 아내들은 하나를 받으면 열을 돌려주는데 이런 수지맞는 장사를 한국 남성들은 왜 안 하는지 알 수 없다"고 말했다.

● 아내에게 간섭이 아닌 관심을 가져라

많은 한국 남편들의 특징이 시시콜콜한 것들에 간섭은 하면서 정작 아내에게 관심은 없다는 것이다. 작게는 아내의 헤어스타일에서부터 생일, 결혼기념일, 어디 아픈 곳은 없는지, 어떤 고민이 있는지, 아이들과 어른들과 관계는 어떤지 등에 관심을 가지고 있어야 한다. 그래야 아내의 기가 살아나서 남편에게 더욱더 잘하는 것이다.

● 싸울 때 싸우더라도 욕이나 손찌검은 절대 하지 않는다

과거 동남아시아에서는 딸이 말을 잘 듣지 않으면 한국 남자에게 시집보낸다고 겁을 주었다고 한다. 참으로 부끄러운 일이 아닐 수 없다. 그렇게 사랑했던 연애 기간에도 싸움을 하는데 결혼 생활이라고 늘 행복하기만 한 것은 아니다. 그러나 그 어떤 이유에서든지 남편이 아내에게 폭력을 행사하면 아내는 남편에 대한 신뢰를 잃게 되고 자신의 결혼 생활과 더불어 인생 자체에 대해 회의감을 느끼게 된다.

● 기도할 때는 항상 맨 처음 아내를 위해 기도하라

하느님, 부처님, 알라신 그런 걸 다 떠나서 일주일에 한 번이라도 아내를 위해 기도하라. 종교가 없어서 못한다는 거짓말은 하지 말라. 군대에 있을 때는 종교가 있어서 일요일마다 절이고, 교회고 갔었는가? 정 못하겠다면 액션이라도 취하라. 이렇게 일주일에 한 번 아내를 위해서 마음을 쓴다면 자신도 모르는 사이에 아내의 태도가 바뀌게 된다.

● 아내의 개성과 사생활을 인정하자

아무리 내 아내이고 편한 사람이지만 내 마음대로 모든 것을 다 간섭하고 통제하려 한다면 그건 아내를 숨 막히게 하는 것이다. 또 아무리 결혼을 했다지만 아내를 한 남성과 가정에만 묶어두려 해서도 안 된다. 자신이 사회생활을 하듯 아내의 친구 모임이나 동창회 등의 사생활을 인정해주어야 한다.

아내가 어느 모임에 가면서 "자기야, 식탁에 밥 차려놨으니까 배고프면 밥 푸고, 국 데워서 먹어, 알았지?" 하면 "걱정 말고 편하게 놀다가 들어와 나는 그냥 굶고 있다가 당신이 들어와서 차려주는 밥 먹을게!"라고 한다면 어디 아내가 편하게 나갈 수가 있겠는가? 진정으로 사생활을 인정해주려면 아내가 조금 늦는 날에 집안일 정도는 남편이 해주는 센스도 필요하다.

● 사랑을 겉으로 표현하라

연애할 때는 어떻게 해서든지 애정 표현을 해보려고 발버둥을 치다가도 결혼만 하면 아내 보기를 뭐 보듯이 하는 남성들이 있다. 이런 남성들은 애정 표현이라고 하면 부부관계가 전부인 줄 안다. 사랑을 겉으로 표현하는 것이 꼭 "사랑해" 하고 평소에 안 하던 닭살 멘트를 날리는 것만이 아니다. 그저 아침에 잠자리에서 일어나면서 한 번 안아주고, 출퇴근할 때 뽀뽀 한 번하고, 텔레비전 볼 때도 멍하니 보지 말고 머리카락 한 번이라도 만져주는 일 등 이런 가벼운 사랑 표현도 아내를 행복하게 만든다.

● 아내가 전업주부라 해도 가사를 분담하라

대부분의 남성들은 자신이 실제로 한 것보다 더 많은 집안일을 하고 있다는 생각을 한다고 한다. 즉 맞벌이 부부인 여성과 남성이 7:3으로 집안일을 한다면 남성은 5:5나 3:7로 자신이 더 많은 일을 한다고 생각한다는 것이다. 맞벌이하는 친구에게 "넌 집안일 어떤 거 하냐?"고 물으면 "나도 집에서 많이 도와줘! 청소는 다 내가 해!"라고 대답한다. 그래서 내가 "어떤 청소를 어떻게 하는데?" 하고 물으면 진공청소기로 거실이랑 방 청소를 한다고 얘기한다. 그러나 그 청소라는 것이 얼마나 대충 하는 청소인지 안 봐도 알 수 있다. 설거지라도 한 번 도와준다고 나서면 가관이다. 물은 여기저기 다 흘려놓고 물기 제거나 정리는 고사하고 그릇만 씻어서 싱크대 위에 그냥 엎어두면 끝이다.

남편들이여, 내 수입의 반에는 아내의 땀과 눈물과 고통이 포함되어 있다는 사실을 인정한다면 이 정도는 충분히 해 줄 수 있는 일이 아닐까?

● 평소에는 아내와 연애를 하고 가끔은 아내와 바람을 피워라

연애는 꼭 커플끼리만 해야 하는가? 부부도 연애를 할 수 있다. 오히려 지루하고 현실적인 결혼 생활을 잘 해쳐나가기 위해서는 연애가 더 필요하다. 특히 여성들은 결혼 후에 오히려 연애 때의 커플들처럼 생활하고 싶어 하는 경향이 있다. 부부 사이의 연애란 별것이 아니라 가끔씩은 아이들, 어른들 신경 쓰지 말고 그지 둘만의 시간을 가지라는 의미다. 또한 남자들에게 "이왕 외도를 하려면 아내와 하라"는 고산자 교수님의 말씀도 새겨봐야 할 것이다.

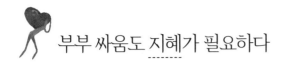
부부 싸움도 지혜가 필요하다

　결혼 생활을 유지하다 보면 각자의 성격과 생활방식의 차이로 싸움이 나기도 한다. 이럴 때 지혜로움이 필요하다. 결혼 생활에 필요한 핵심 기술은 세 가지다. 사랑하는 기술, 대화하는 기술, 싸우는 기술이다. 결혼의 이 세 가지 핵심 기술은 습득하고 있으면 원만한 결혼 생활을 영위해 나갈 수 있다. 싸운다고 입에서 나오는 대로 말하고, 상대방의 자존심을 건드리고, 상대에게 악한 감정으로 대화하고, 이성 없이 싸우는 것은 마음에 상처만 남기게 되어 그 악영향으로 인해 결혼을 파탄에 이르게 하는 경우가 많다. 상대가 화가 많이 나 있을 때는 한쪽에서 피해주고 양보했다가 좀 더 기분이 가라앉았을 때 대화를 하는 기술이 필요하다. 그리고 배우자가 좋아하는 음식이나 선물을 준비해서 화해를 시도하는 방법도 좋다. 손 편지는 감동까지 더해서 미안한 마음을 효과적으로 전달하는 방법이다.

남편감을 파는 백화점이 있었다. 이 백화점에 가면 좋은 남편감을 골라 살 수 있다. 단, 한 가지 규정이 있는데 이미 거쳐 왔던 층으로 되돌아갈 수는 없다는 것이다.

어느 날 두 미혼 여성이 꿈에 그리던 남편감을 찾기 위해 이 백화점을 찾았다. 1층에는 돈 잘 벌고 아이들을 좋아하는 남자들이 진열되어 있었다. '괜찮네. 1층이 이 정도면 한 층 더 올라가 볼 필요가 있겠어.' 2층에 올라가보니 돈을 잘 벌고 아이들도 좋아하고 아주 잘생긴 남자들이 진열되어 있었다. '흠, 아주 좋아. 더 올라가자.' 3층에는 돈 잘 벌고 아이를 좋아하고 아주 잘생겼고 집안일도 잘 도와주는 남자들이 진열되어 있었다. '우와, 여기서 멈출 수 없어.' 4층에는 돈 잘 벌고 아이를 좋아하고 잘생겼고 집안일도 도와주고 심지어 아주 로맨틱한 남자들이 진열되어 있었다. '맙소사! 4층이 이 정도면 5층은 상상을 초월하겠지?' 두 여성은 얼른 5층으로 올라갔다. 5층에 올라가니 남자들은 없고 안내문에 이렇게 적혀 있었다.

'5층은 비어 있음. 만족을 모르는 당신, 출구는 왼편에 있으니 계단을 따라 빨리 내려가시오.'

부부싸움을 하다 보면 이혼하고 싶고 왜 내 남편만 이렇게 이기적이고 배려도 없고 이해심도 없을까 하는 생각을 할 수도 있다. 원래 남자란 동물은 이기적이다. 내 남자 말고 다른 남자들은 능력 있고 아이도 좋아하고 집안일도 잘 도와주고 로맨틱하게 보일지 모른다. 하지만 순진한 생각이다. 막상 그런 사람도 같이 살아보면 '그놈이 그놈, 그 여자가 그 여자' 일 것이다. 지금 함께 살고 있는 사람이 최고의 짝이라 생각하고 살다 보면 정도 깊어지고 사랑도 깊어져 친구 같은 행복한 부부가 될 수 있다.

- 사랑하기 좋은 날 중에서

오늘 네가 아니었다면 난 영영 사랑을 몰랐을거야
사랑하는 법을 알려줘서 고마워, 또 사랑받는 법도……

영화《If Only》중

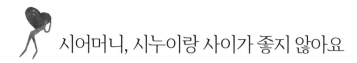

시어머니, 시누이랑 사이가 좋지 않아요

예비 시어머니, 시누이랑 벌써부터 사이가 좋지 않아요. 결혼할 사람과 예비 시어머니 문제로 싸움을 한 상태입니다. 제가 예비 시어머니에 대한 이야기를 하자 남자친구가 그길로 자기 어머니에게 가서 따지는 바람에 충격 받으신 예비 시어머니는 남자친구의 누나에게 상황을 얘기하셨고, 어제 예비 시누이가 제게 만나자고 연락이 왔습니다.

다짜고짜 결혼도 하기 전에 벌써부터 가족의 분란을 일으킨다며 남자친구가 저를 만나기 전에는 어머니만 생각하던 효자였는데 저 만나더니 이상하게 변했다면서 처신 똑바로 하라며 화를 내시더군요. 집에 돌아와 속상해서 펑펑 울었네요. 남자친구한테 이야기하면 이번에는 예비 시누이에게 가서 따질 것 같아 참았습니다. 결혼도 하기 전에 이런 일이 생겨서 속상해요.

첫 단추를 잘 끼워야 한다는 말이 있습니다. 모든 일은 시작이 중요하다는 말이지요. 지금 해결하지 못한 채 결혼을 하신다면 행복을 장담할수가 없습니다. 시어머니와의 생활이 순탄하지 못하고, 시누이와의 사이까지 좋지 않다면 결국 남편과의 불화로 이어질 수 있기 때문입니다. 시어머니와 시누이에게 순종하면서 평생을 살 결심을 할 것이 아니라면 결혼 전에 반드시 해결을 해야 합니다. 시어머니와 시누이 모두와 마음을 터놓고 이야기해 보세요. 그래도 해결이 안 된다면 결혼에 관해서 신중하게 고려해 보시기 바랍니다.

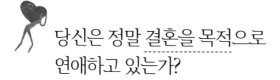

당신은 정말 결혼을 목적으로 연애하고 있는가?

연애의 목적은 사랑이다. 〈연애의 목적〉이라는 영화는 '연애의 목적은 사랑이다'라는 명제를 선문답으로 풀어낸 로맨스 영화다.

고교 영어교사 유림(박해일)은 새로 온 미술교생 홍(강혜정)에게 치근 덕댄다. 그러던 어느 날 유림은 일을 핑계로 단둘이 갖게 된 술자리에서 대놓고 "같이 자고 싶다"고 고백한다. 그러나 그런 유림을 대하는 홍도 "나랑 자려면 50만 원 내요"라며 만만치 않게 대응한다. 그렇게 서로 밀고 당기는 줄다리기가 반복되면서 그들은 어느새 '연애'에 돌입하게 된다. 그리고 목적 없이 시작한 연애에 목적이 생기기 시작하면서 그들의 연애는 골치가 아파진다. 연애의 목적은 결국 사랑이기 때문이다.

이렇게 습관처럼 결혼이 목적이 아닌, 단순히 로맨스가 필요해서 만나는 사랑을 빨리 정리해야 불필요한 시간 낭비를 막고 더 큰 행복을 찾을 수 있다.

요즘 남자들은 여우와 같다. 여자가 능력 없고 직업이 없다면 시간이 지나면서 현실적으로 닥치는 문제들 때문에 남자는 고민에 빠진다. 직장을 갖고 더 많은 능력도 더불어 가진 여성과의 결혼 생활을 상상하기 때문이다.

당신은 상대자에게 이 세상에서 최고로 좋은 말을 해주기 위해 세상에서 가장 행복한 단어를 찾아다니는 중이다. 한적한 나무 숲길을 걸으며 헤매기도 하고 푸른 들판을 걸으며 사색에 잠기기도 하고 갖가지 꽃들이 피어 있는 향기로운 꽃길을 다니기도 하며 운치 좋은 경관을 바라보면서 따스한 커피 한잔을 마셔보기도 한다. 때론 아름답게 수놓은 노을빛 속을 헤매기도 하며 캄캄한 밤하늘에 수채화를 그려놓은 별빛과 속삭여 보기도 한다. '참 곱다, 참 멋지다, 참 예쁘다, 참 아름답다!' 수많은 수식어들 사이를 헤매고 또 헤매다 끝내 시를 닮은 생각들을 가슴에 품고는 '사랑해'라는 말을 찾아낸다.

처음에는 이렇듯 순수했다가도 마음에 양심을 저버리고 마음에 없는 순간적인 환심을 사기 위해 사랑한다는 말을 습관처럼 외치고 가식으로 상대의 마음을 가지려는 사람이 있다. 순간적인 유희에 빠져들다 보면 상대에게 상처를 주게 된다. 그러므로 서로에 대한 진실된 마음을 빨리 읽고 판단해야 하며 굵은 선을 그어야 한다.

최근 영화 〈간신〉에서 연산군의 인생 후반을 보면 직접 경험하지 않아도 알 수 있다. 간신들이 바친 양반의 딸과 부인까지 1만여 명의 여자를 농락하고 폭정으로 백성을 대한 연산군은 백성을 임금의 어머니로 모셔야 한다는 말을 무시하고 쾌락으로 세월을 보냈다. 패왕으로 유배지 2년

만에 최후를 맞이한 그처럼, 어쩌면 허송세월로 시간을 보내다 훗날 가슴 아픈 후회를 할지도 모르는 일이다. 저자도 주변에서 K대 법대를 졸업하고 200여 명의 여자를 농락하는 사람을 봤다. 보기에는 화려해 보이기 때문에 젊었을 때는 많은 여자들을 어장관리하며 재미있게 살았다. 30대 후반이 되면서 결국은 좋은 혼처를 찾아 가정을 꾸렸지만 여전히 자신의 결혼 전 습성을 버리지 못하고 파혼을 맞은 상황을 지켜보며 마음이 쓸쓸했던 기억이 있다.

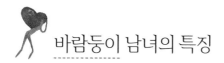

바람둥이 남녀의 특징

    미혼 남녀가 생각하는 가장 최악의 연애 상대는 바로 바람둥이라고 한다. 그렇다면 단번에 알아볼 수 있는 바람둥이 구별법*에는 어떤 것들이 있을까?

    한 상류층 결혼정보회사가 미혼 남녀 875명(남성 436명, 여성 439명)을 대상으로 '바람둥이 구별법'에 대한 설문조사를 실시했다. 남성의 경우 '많은 이성 친구들과 연락을 할 때(202명/46.4%)'가 1위로 꼽혔다. 설문에 참여한 문모 씨(29세, 남)는 "바람둥이의 가장 큰 특징은 바로 어장관리"라며 "일명 '아는 오빠'가 많았던 예전 여자친구는 항상 다른 이성과 연락을 하느라 바빴고 괜한 오해가 생겨 자주 싸우곤 했었다"고 말했다. 이어 '거짓말을 능숙하게 할 때(120명/27.6%)', '스킨십 진도가 빠를 때'(66

---

* WOW 한국경제TV 채현주 기자 내용 인용

명/15.1%)', '잠수를 자주 탈 때(48명/10.9%)' 순으로 나타났다.

반면 여성들은 '스킨십 진도가 빠를 때(227명/51.7%)'를 1위로 꼽았다. 최모 씨(27세, 여)는 "바람둥이는 스킨십에 능수능란하고 여성을 잘 다룰 줄 아는 남자라고 생각한다"며 "서로 알아가는 단계를 생략하고 자연스럽게 스킨십부터 하려고 하는 남자는 한번쯤 의심해 볼 필요가 있다"고 답했다. 뒤이어 '많은 이성 친구들과 연락을 할 때(139명/31.7%)', '거짓말을 능숙하게 할 때(44명/10%)', '잠수를 자주 탈 때(29명/6.6%)' 순으로 조사됐다.

결혼정보업체의 한 관계자는 "젊은 남녀가 자유롭게 연애를 하는 것에는 찬성하지만 그 자유가 상대방에게 상처가 되어서는 안 된다"며 "지금 곁에 있는 사람의 소중함을 알고 사랑을 지키기 위해 최선을 다하는 책임감 있는 모습을 보여주어야 할 것이다"라고 말했다.

필자가 경험한 바람둥이 남성의 특징은 휴대전화에 반드시 잠금 설정을 해 놓거나 바쁘다는 핑계로 잦은 만남을 회피하거나 초저녁인 7시에 "잘 자"라는 말로 더 이상 연락을 하지 못하게 하는 경우 등이 있었다. 바람둥이 여성의 경우 휴대전화 문자에 답이 늦거나 연락이 되지 않는 경우가 많았다.

실제 있었던 사례이다. 남자가 여자친구에게 토요일에 데이트를 하자고 했다. 그러나 여자는 몸이 아프다는 핑계로 다음에 만나자고 했고, 데이트 약속이 불발된 남자는 모처럼 친구와 술 한잔을 하기 위해 약속 장소를 향해 가는데 몸이 아프다며 약속을 미룬 여자친구가 다른 남자와

팔짱을 끼고 걸어가고 있는 것이 아닌가.

남자는 그 자리에서 나서기도 뭐해서 사진을 찍어두고는 나중에 여자 친구에게 물었다고 한다. 여자친구는 "아니야 잘못 봤어. 나 그날 집에 있었어"라며 시치미를 떼기에 남자가 그날 찍은 사진을 보여주자, 여성은 더 이상 아무 말도 하지 못했다고 한다. 남자는 그 여자를 너무나 사랑했기 때문에 정리하고 다시 만나자고 했지만, 여자는 "다시 만나고 싶지 않다"며 딱 잘라 거절했다.

남녀의 바람기는 쉽게 찾아볼 수 있지만 관심이 필요하고 인내가 필요함을 느껴야 한다. 그리고 심증만으로 따지지 말고 충분히 확인이 될 때까지는 인내심을 가지고 관찰해야 한다.

실제로 로버트 그린의《유혹의 기술》에 등장하는 9가지 유혹자의 유형에서 카사노바는 '아이디얼 러버'에 속하고, Don Juan과 같은 바람둥이형 유혹자는 '레이크'라는 이름으로 분류된다. 물론 한 인물이 한 유형에만 속하도록 분류되어 있는 것은 아니다.

바람둥이의 사전적 정의는 '바람을 피우는 사람'이다. 여기에서의 바람은 '남녀 관계로 마음이 들뜬 짓을 하다, 허황한 짓을 자꾸 하다'의 의미를 가진다. 이렇듯 사전적 정의는 매우 유동적인 의미를 가지고 있어서 바람둥이에 대한 정확한 규정을 짓지는 못한다. 바람둥이의 본질적 특징과 부수적으로 나타나는 특징들을 통해 그 의미를 조금은 더 가다듬을 수 있을 것이다.

이혼 후 재혼

5살짜리 아들 녀석과 살고 있는 남성입니다. 제가 혼자 아이를 키운 지는 3년 정도 됐습니다. 가끔 어머니가 오셔서 아들 녀석을 살펴주기는 하지만 아직 어린 아들 녀석이 늘 마음에 걸립니다. 솔직히 일하랴 아들 신경 쓰랴 시간이 어떻게 가는지도 모르겠습니다. 그래서 요즘 부쩍 재혼에 대한 생각이 많이 듭니다. 아들 녀석을 잘 돌봐줄 그런 여성과 만났으면 합니다. 하지만 지금까지 외롭거나 불편한 건 없었습니다. 제가 재혼을 고민하게 된 건 제가 와이프가 필요하기 때문이 아니라 단지 아이의 엄마가 필요하다고 생각하기 때문입니다. 이런 마음만으로 재혼을 결심해도 될까요?

AnSwer

아이를 위하는 마음이 크신 것 같은데 정작 중요한 걸 빼 놓으셨군요. '아이의 행복' 말입니다. 아이는 지금도 아빠와 충분히 행복하다고 느끼고 있는 것 같습니다. 재혼 생각이 없으시다면 아이 스스로 엄마가 필요하다고 느끼거나 님께서도 사랑하는 배우자와 행복한 가정이 간절하다고 생각할 때 재혼하시는 것이 어떨까요? 그러나 나중을 위해서라면 조금씩 마음을 열어보시기 바랍니다.

아들이 새로운 어머니에게서 가슴으로 느껴지는 따뜻함을 전달받을 수 있고 새로 결혼하게 될 여성분도 아들을 진심으로 대할 수 있는 분이라면 더없이 좋은 가정이 되리라 생각합니다.

Part 5
그 남자 그 여자의 이별

사랑 문제의 해결법은
원만한 대화뿐이다

의리로 만나는 사랑, 더 이상의 진행은 곤란해

이렇게 좋은 사람은 없다는 생각에 결혼을 결심했는데 갑자기 의문이 들 때가 있다. '과연 결혼할 만큼 사랑하고 있는 것인가?', '이런 마음으로 결혼해도 행복할 수 있을까?' 막상 결혼을 결정하고 나면 진심으로 사랑해서 만나고 있는지, 의리로 만나고 있는지, 그냥 정으로 만나고 있는 건지 의문이 생길 때가 있다. 이럴 때 그 마음을 알아볼 수 있는 방법이 있다. 서로 시간을 두고 떨어져 있을 때 보고 싶은 마음이 간절하게 생긴다면 사랑일 가능성이 높다. 그렇지 않다면 정이나 의리로 만난다고도 볼 수 있다. 확신이 없는 상태에서 상황에 이끌려 결혼을 하게 되면 큰 문제가 된다.

부부가 오랫동안 함께 살다 보면 1년은 사랑으로 3년은 우정으로 5년부터는 의리로 산다는 말이 있다. 정말 의리보다는 사랑으로 사는 부부가 얼마나 될까? 숙성된 된장이나 고추장 같이 사랑의 선을 넘어 정으로 쌓인 세월만큼이나 정과 함께하는 의리로 살아가게 되는 게 사실이다.

그러나 남편의 사업이 부도가 나거나 경제적으로 어려운 상황이 생기면 의리도 온데간데없이 사라진다. 의리 없는 사랑은 가정에 위험을 초래한다. 친구간의 의리보다 부부간의 의리가 더 중요하다는 의미다. 이 사람이 아니면 안 될 것 같은 느낌, 상대의 모든 걸 포용해주는 마음씨가 좋아 결혼을 결심했고, 가끔 답답한 마음이 생기지만 그래도 마음을 다잡으면서 살아가는 게 결혼 생활의 현실이다. 게다가 결혼 후에 행복하다는 생각보다는 "이런 결혼 생활을 원한 게 아닌데" 하는 생각과 함께 한숨이 나오는 때가 더 많은 경우도 있다.

"열심히 살면서 행복을 느끼고 싶은데 나태해져가는 내 자신도 싫고, 남편을 사랑하지 않는 것 같은 느낌에 괴로워하는 것도 이제 지쳐요. 점점 불행해지는 것 같고 하지만 그렇다고 가정을 포기할 순 없고, 이러지도 저러지도 못하면서 시한부 인생을 살아가는 것 같아요. 이제는 우울증인지 애들도 귀찮아지고, 내 인생뿐만 아니라 다른 사람들도 나로 인해 불행해지는 게 싫은데 맘을 잡는 것도 한계에 다다르고 남편과 얘기하는 것도 이제 지칩니다. 어떤 것에서도 삶의 의미를 찾을 수 없는 이 상황에 꼬박 밤을 새워버리고 이렇게 사는 것은 아니라는 생각이 많이 듭니다. 남편에게 답답한 마음을 표출하게 되니 자연스럽게 남편도 지쳐가고 있는 것 같아요. 서로 떨어져서 생각을 좀 해보자고 말하고 싶어도 엄두가 나질 않네요. 어떻게 하면 좋을까요?"

사랑 없이 결혼한 누군가의 넋두리지만 신중하게 생각해봐야 할 문제다. 긍정적인 생각으로 남을 위한 인생이 아닌, 자기 자신을 위한 인생을 살아야 가장 행복하고 후회 없는 삶을 살 수 있다고 생각한다.

가지 않은 길

Robert Frost

노란 숲길에 두 갈래 길이 있었답니다
나는 두 길을 다 가지 못하는 것을 안타깝게 생각하면서
오랫동안 서서 한 길이 굽어 꺾어진 곳까지
바라다 볼 수 있는 곳까지 멀리 바라다 보았습니다

그리고 똑같이 아름다운 다른 길을 택했습니다
그 길에는 풀이 더 있고 사람이 걸은 자취가 있어
아마 더 걸어야 될 길이라고 나는 생각했던 거지요
그 길을 걸으므로 그 길도 거의 같아질 것이지만

그날 두 길에는
낙엽을 밟은 자취는 없었습니다
아! 나는 다음날을 위하여
한 길은 남겨 두었습니다
길은 길에 연하여 끝없으므로
내가 다시 돌아올 것을 다짐하면서

훗날에 훗날에 나는 어디선가
한숨을 쉬며 이야기할 것입니다
숲속에 두 갈래 길이 있었다고
나는 사람이 적게 간 길을 택했다고
그리고 그것 때문에 모든 것이 달라졌다고

모든 사람들이 그렇게 결혼이라는 길을 선택한다. 그러나 안전하고 보편적인 길이라 생각했던 그 길이 완전한 행복에 도착하지 못하는 길임을 느끼는 순간 서글퍼지는 것이다.

여자는 시와 같이 자신이 선택한 남편이라는 가보지 못한 길을 걸어가며 자신의 선택이 옳은 것인지를 고민하고 있다. 시 속의 화자는 사람이 덜 간 듯한 길을 택했지만, 매우 보편적이고 안전한 길이었고 넋두리한 여성도 남편과의 결혼이 그런 길일 거라는 묵시적인 믿음이 있었으리라 생각된다. 남들이 지나간 길엔 구태여 위험을 감수할 필요가 없으니 가장 안전하리라는 믿음이 있겠지만 자신 내면의 문제인지 아니면 외적인 상황 때문인지조차 분간하지 못한 채, 우울의 나날을 보내고 있는 것이다. 보편적이고 안전한 길을 택했다 해도, 험난한 산길이지만 사랑이란 감정과 나의 열정을 고스란히 쏟아부을 수 있는 길을 선택했다 해도 그 길이 안전을 보장해 줄지는 미지수다. 자신 속에 존재하고 있는 마음의 잣대가 그것을 완전한 행복이라고 평가해주는 건 오랜 시간이 지난 후이기 때문이다. 안전하다고 판단한 그 길에서 알 수 없는 위험이 자신을 엄습하고 있지만 그 길에서 벗어난다는 것을 꿈조차 꾸지 못하고, 현실과 세상은 쉽게 길을 바꿀 수 없도록 '삶'이라는 제어 막으로 무릎을 꺾이게 만든 것이다. 내가 선택한 길에 대한 아픔, 홀로 가슴속에 숨겨둔 소녀 시절의 그 꿈은 비가 오거나 바람이 부는 날 힘들고 지친 어깨 위에 조용히 내려 앉아 오래 전에 내가 가지 못한 길이 있음을 기억하게 될 것이다.

아무리 어려운 수학 문제라 할지라도 해답이 있지만 사람과 사람, 특히 부부간의 문제는 원인과 결과 외에 정확한 해답을 찾아낸다는 것이 참으로 어렵다. 그래서 항상 현실적인 시각으로 문제를 바라보고 자신의 마음 안에서 답을 찾아보라고 조언해 주고 싶다.

스스로도 해결하지 못하는 내면적인 문제를 제3자의 입장이 아닌 감정이입을 통한 여성의 입장에서 고민하고 방법을 찾아보기 위해 결혼 생활과 현재의 상황 그리고 어떻게 풀어가야 할지에 대해 이야기를 풀어가 보고자 한다.

현재의 상황과 문제

결혼 2년차의 커플
사랑해서 결혼했다기보다는 적당해서 한 결혼이란 생각을 하는 여성
결혼을 결정할 때 사랑에 대한 확신이 없었다는 것
별 다른 이유 없이 결혼 생활이 답답하다고 느낌
본인 생각으로 인해 남편도 지쳐가고 있다고 느낌
삶의 돌파구가 무엇일까에 대한 자기 의문

해답은 이미 여성의 말에 나와 있다. 바로 삶의 돌파구를 찾는 일이다. 돌파구는 홀로 새로운 삶을 살아가는 방법도 있고, 사랑의 행방을 찾는 방법도 있으며 자신의 일이나 학습을 통하여 성취감을 이루고 그것을 자신을 사랑하는 도구로 사용하는 방법도 있다. 또한 표현하기에 적합

하지는 않지만 자신의 진정한 사랑을 만나는 일도 포함된다. 이 방법들은 매우 쉽지만 그것을 완전한 자기행복으로 환원시키는 데까지는 내면이 우선 제대로 정립이 되어야 하는 난제가 있다. 코미디 프로그램을 봐도 웃음이 나오지 않고, 먹고 싶은 것도 딱히 없고, 음악이 소음으로 들리며 감성적인 영화를 봐도 눈물이 흐르지 않는다면 아무런 변화가 없겠지만, 넋두리한 대로 영민함과 감성 그리고 배려심이 충분히 내재되어 있기에 자신을 사랑할 수 있는 힘도 반드시 내면에서 이끌어낼 수 있다는 생각이 든다. 방법이 생각나지 않을 때는 자신의 생각과 삶을 A&Z에 대입하여 그 안에서 스스로 방법을 찾아볼 수도 있다. 그리고 근본적으로는 '결혼'이라는 것에 대해 다시금 생각해볼 필요도 있기에 덧붙여본다.

결혼이란

1. 경제적 성숙
2. 육체적 성숙
3. 사회적 성숙
4. 정신적 성숙
5. 생물학적 성숙
6. 문화적 성숙

결혼은 위 여섯 가지 재료를 '사랑'이라는 접착제를 이용하여 만들어가는 건축물과 같다. 이 중에 하나만 부족해도 결혼 생활을 유지하는 데많은 문제가 생긴다. 경제적 성숙이란 돈과 가장 밀접한 연관이 있지만그 사람의 학력이나 사회적 지위, 직업, 가문, 부모의 상황, 절약 및 사용계획, 자라온 배경 등이 함께 대두된다. 그리고 잘 버는 것보다는 잘 사용하는 게 더욱 중요한 요소이다.

육체적 성숙이란 결혼 생활을 유지할 만큼 신체적으로 건강하고 치명적인 질병이 없어야 함을 뜻한다. 그리고 예쁜 2세가 태어날 수 있도록부부관계가 원만해야 하며 이에 대한 능력이 매우 중요하다. 실례로 법에서는 자신의 지병을 속이고 한 결혼은 무효가 되기도 하기 때문이다. 많은 사람들이 간과하고 있지만 결혼 생활에 있어서 자신과 상대방에게가장 스트레스로 작용되는 것이 정신적인 부분이다. 정신적인 부분의문제는 헤아릴 수 없이 많은 사유들이 있다. 외도, 우울증, 의처증, 의부증, 도벽, 노름, 가출, 게임중독, 알코올중독, 폭력, 마마보이, 친정이나 시댁 무시, 거짓말, 이상한 종교문제, 미신 신봉, 나태함과 무력함 등등 끝을 헤아릴 수 없는 요소가 있을 수 있고, 20여 년을 넘게 살아오며 터득된 가치관과 너무도 다른 상황을 이겨내기에는 우리 인간들의 마음이너무나 여리고 연약하다. 그러므로 결혼을 함에 있어서 잘 드러나지 않는 이런 부분에 대한 검증과 확신이 중요하다.

사례에서 여성의 경우에도 결혼의 조건 중에 뭐 하나 부족함 없이 만났을 두 분이라 생각한다. 일정 이상의 교육을 받으셨을 테고 두 분을 따로 놓고 보았을 때 매우 훌륭한 신랑, 신부감이었으며 엄격했지만 자상한 집안에서 좋은 가정교육을 받고 자랐을 것이다. 그러나 안타깝게도 육체적, 경제적, 정신적 성숙을 묶어줄 존재인 '사랑'이 없다는 것은 매우 심각한 문제다.

세 가지의 재료가 따로 놀 수밖에 없고 진정한 행복이라 여겨지는 집합체가 형성되지 않음으로 인하여 여성 혼자만의 고통이 아닌 남편에게 전이될 고통이었던 것이다.

적절한 비유인지는 모르겠지만 회사도 결혼과 같은 특성을 가지고 있다. 회사는 자금, 영업, 기술을 기본 재료로 성장한다. 그러나 세 가지 재료만 충분하다고 해서 모든 회사가 잘되는 건 아니다. 거기에 합리적인 경영이 동반되어야 하는 것이다. 연못 위의 예쁜 연꽃이나 목련은 향기가 없어 벌들이 찾지 않는다. 꽃의 가장 중요한 요소인 향기가 없기 때문이다. 마찬가지로 사랑이라는 향기가 없으면 결혼 생활도 금방 시들어 버리는 꽃과 같아진다. 그렇다면 사랑은 무엇일까? 필자는 사랑이라는 제목의 글을 오랫동안 써오면서 절대적 사랑에 대해 많은 생각을 했었다. 주는 상대가 한결같을지라도 받는 사람에 따라 다르게 느껴질 수밖에 없는 상대성이 아닐까 한다. 달리는 기차에서 유유하게 흐르는 풍경을 바라보다가 일순간 옆을 지나치는 다른 기차를 보았을 때 느껴지는 속도감. 이내 기차는 그 속도감에서 벗어나 실제의 속도감을 느끼게 되듯이 상황에 따라 다르게 보일 수도 있는…… . 사랑도 같은 이치일 거라 생각한다.

사랑은 '끝없이 느껴지는 그 속도감을 어떻게 가져갈 수 있을까?' 라는 문제를 동반하게 된다. 기차의 길이가 이 지구 반만큼의 크기라면 가능하겠지만 말이다. 사랑이란 바로 이런 게 아닐까 생각해 본다. 두 영혼의 화학적인 변화처럼, 엄마가 자신의 아이를 사랑하는 마음처럼, 한순간의 폭우보다는 잔잔한 비가 대지를 적시고 수많은 생명을 숨 쉬게 하는 것과 같은 것. 보편적인 만남의 유형이 무채색 삶에 생기를 불어넣기도 하지만 기쁨과 대치되는 슬픔을 알기에 우리는 늘 침묵의 섬인 채 살아가고 있다. 다시 현실로 돌아와 보자.

"육체적으로 피곤하지는 않지만 정신적인 피로감으로 남편의 출근 준비를 위해 밥상을 차렸다. 출근 시간에 쫓겨 아내의 아픔을 아는지 모르는지 삶의 전쟁을 위해 넥타이를 동여매는 남편. 한바탕 전쟁 같은 시간이 지나고 나만의 힘든 세상이 눈앞에 펼쳐진다.

설거지를 해봐도, 빨래를 하고 청소를 해봐도 기분이 달라지지 않는다. 매체나 책 안에서 자신이 겪고 있는 문제의 해답을 찾아보려 하지만 어떤 것에서도 가르침을 주는 것은 없다. 적당히 일하고 적당히 웃으며 적당하게 주위 사람들에게 응대한다."

누구의 딸, 누구의 아내로만 살아온 시간들, 그러나 이제부터라도 자신의 이름을 찾아가시기 바란다. 무엇보다 스스로를 사랑하는 일이 우선이다. 예쁘게 화장을 하고 가장 예쁜 옷을 꺼내 입고 자신이 지을 수 있는 가장 환한 미소를 머금은 채 밖으로 나가보라. 그리고 너무도 아름다운 자신을 느끼고 사랑해야 한다. 그리고 할 수 있다면 일을 찾는 것도 좋다. 평소 알고 싶었던 무엇이든지 배우는 것도 좋다. 열심히 땀을 흘려 일을 하다 보면, 땀이 주는 나른함이 자신 안에서 엔도르핀을 솟구치게 만들어 줄 것이다. 주체할 수 없는 행복이 그 모두를 사랑하게 만들 거라 확신한다.

헤어지자는 말을 자주하는 연인

남자친구를 알게 되고 나서 정말 빨리 사귀게 되었습니다. 사귀면서 둘 다 서로 너무 잘 맞고 이야기도 잘 통해서 그런 부분이 맘에 들어 첨 엔 둘 다 가볍게 시작했는데 점점 관계가 깊어져가고 눈물을 흘리며 사 랑한다고까지 이야기할 정도가 되었습니다. 그런데 어느 날 갑자기 헤 어지자고 합니다. 이유는 있지만 그 이유가 이해되지 않고 갑갑합니다. 제가 화도 몇 번 냈는데도 달라지지 않더군요. 미안하다는 말은 많이 하 는데 그런 게 자꾸 반복되니 너무 힘이 듭니다. 어느 날은 자기가 다른 지역으로 일을 하러 가야 하는데 한 6개월 정도 아예 못 볼 수도 있고 어 떻게 될지 모른다고 하더군요. 그러면 더 같이 있고 싶어 해야 하는 거 아닌가 생각했는데 남자친구는 다 귀찮고 아무것도 하기 싫다며 혼자 있고 싶다고 그러더군요. 나이가 있는지라 사귄지는 얼마 안 됐지만 잠 깐이나마 결혼에 대해서도 생각했는데 이런 걸 보면 결혼 상대는 아닌 것 같습니다. 그러나 헤어지기 전까지는 이 사람에게 진짜 좋은 사람으로 기억되고 싶은 게 제 생각입니다. 그리고 솔직히 이 사람에게서 제가 지워진다는 게 싫어요. 제 자랑은 아니지만 지금까지 사귀었던 다른 사람들에 비해 제가 정말 잘해줬거든요. 친구들이 인정할 만큼이요. 제가 너무 힘들어서 당장 낼부터 그냥 보지 말자고 하니까 그건 안 그리고 싶다고 하고 제가 어떻게 대처해야 할지 모르겠어요. 그냥 지금은 맘 돌리고 좋게 좋게 관계를 이어가고 싶습니다.

AnSwer

남자는 여자가 너무 잘해주면 싫증을 내는 경우도 더러 있습니다. 헤어지자는 말을 자주 하는 사람은 다른 이성이 있거나 혹은 자신의 무능으로 상대와의 결혼 생활에 자신이 없어 이혼을 하게 될지도 모른다는 두려움 혹은 쉽게 사람에게 질리는 스타일일 수도 있지만 대부분은 약간의 거짓말을 해서라도 마음에 드는 이성의 마음을 잡고 싶어 하는 경우도 있습니다. 두 사람이 이렇게 된 원인은 너무 빨리 진도를 나가고, 너무 자주 만난 탓인 것 같습니다. 한마디로 남자친구분이 여자분에게 질린 것이죠.

이 문제는 대화로 해결될 문제가 아닙니다. 조금은 사랑이라는 감정을 배제하고 이 사람과 미래를 함께할 수 있을까 냉정하게 생각해 보셨으면 합니다. 사랑하면 조건 없이 상대방을 좋아하게 마련이지 괜히 헷갈리는 소리를 늘어놓지 않습니다. 또 싫으면 단호하게 헤어지자고 하는 것입니다. 남자분이 저렇게 헷갈리게 이랬다 저랬다 하는 것은 여자친구분에게 최대한 상처를 덜 주려는 변명처럼 보입니다. 이 문제를 극복하려면 시간을 갖고 기존의 연애 패턴을 바꾸지 않으면 안 될 것 같습니다. 남자는 여자의 존중과 사랑을 받고 싶어 하고 존중해 준다는 것은 사랑받을 준비가 되어 있다는 얘기입니다. 사람마다 가치관이나 삶의 철학에 대한 고찰이 필요합니다. 좋은 여자를 만나는 최적의 조건은 좋은 가치관과 현명한 삶이라 생각됩니다.

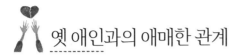

옛 애인과의 애매한 관계

가끔 헤어진 연인 사이인데 그냥 가볍게 친구로 지내면 어떠냐며 딜을 하는 남녀가 있다. 이런 경우에 서로 아직 이성친구가 없는 상태라면 남녀의 반응은 다르다.

남성의 경우는 대부분 여자친구가 없다면 'OK'한다. 이유는 상대방이 큰 실수나 마음의 상처로 헤어진 최악의 경우가 아니라면 더 알아보고 싶은 마음이 들기도 하고, 연인 사이였을 때 육체관계를 맺은 상대였다면 가끔은 그 부분이 생각날 수도 있기 때문이다.

여성들은 '가끔 힘들 때 톡이나 하는 사이였으면 좋겠다'며 접근하는 옛 애인을 조심해야 한다. 결혼 적령기라면 생각이 다를 수도 있지만 그렇지 않은 경우에는 남자의 검은 속내를 잘 알아야 한다. 다른 여자가 있으면서도 궁하면 한 번씩 만나 애정 없는 꿍꿍이 생각을 할 수 있기 때문이다. 이 점에 유의해서 정말 결혼할 상대가 아니라면, 그리고 진정으로 행복한 연애와 가정을 기대한다면 단호하게 그 관계를 정리하고 분명히 선을 그어서 다시는 연락을 하지 못하도록 해야 한다.

　오랜 기간 알고 지낸 이성친구가 있다. 그 친구와 연인관계는 아니지만 만나면 연인 같은 분위기였는데 한쪽이 다른 이성이랑 사귀면서 멀어진 경험이 있을 것이다. 그랬다가 다시 만났는데 뭔가 연인 같은 분위기로 만나지만 덜컥 다른 사람이랑 만나는 것을 보면 내가 손해를 보는 것은 아닌가 하는 생각이 들 수도 있다. 그래서 사귀기보다는 서로 편안한 사이로 그냥 쿨하게 성관계 정도는 하는 것이 어떨까 하는 남녀도 있을 것이다. 그런데 어떻게 해야 현명한 행동일까? 무엇보다 신중하게 생각해야 할 것은 성관계라는 것이 성적 욕구를 채우는 행위만이 아니라 생명 탄생과 관련이 있는 중요한 행위이며 서로 함께 하기로 약속이 되어 서로의 사랑을 확인하는 아름다운 행위라는 것이다. 그러므로 한 번 더 신중하게 생각해야 한다.

그는 다시 돌아와 이렇게 말할 것이다
우리 다시 시작하자

영화 《해피 투게더》 중

이별 후에 곧바로 찾아온 인연

대학 졸업 후 잠시 몸담았던 회사에서 만나 2년 동안 사귀었던 우리는 정말 뜨겁고도 짜릿한 연애를 나누었지만 사소한 말다툼 때문에 헤어지게 되었고, 그때 마침 영화 동호회에 가입해 있던 저는 정모에 참석했다가 평소 알고 지내던 한 남성과 친해지면서 서로 좋아하게 되었습니다. 전에 사귀던 사람이 생각나긴 하지만 동호회에서 만난 그가 더 보고 싶어집니다.

AnSwer

'한쪽 문이 닫히면 또 다른 문이 열리리라.' 프랑스 파리 태생의 앙드레 지드(Andre Gide, 1869~1951)의 《좁은문(Strait is the Gate)》에 나오는 구절입니다.

다른 사람을 좋아한다는 것은 당연한 것입니다. 단, 이별을 한 후 상대가 선수에게 당했다는 생각이 들지 않도록 해야 한다는 것입니다. 헤어지고 다른 사람을 바로 사랑한다는 것은 이별한 옛 애인과의 사랑이 진실하지 않았음을 의심받게 될 수 있습니다. 선수가 아니었음을 느끼게 하기 위해서라도 남자(여자)가 이별을 통보했을 때 한 번쯤은 잡아줘야 할 것입니다. 부득이하게 자신이 먼저 헤어짐을 알렸을 때는 많은 고민 끝에 결정했음을 보여야 헤어지더라도 진정한 사랑이었다고 생각할 것입니다.

"허위의 탈 속에 자기를 감추려고 하지 말라! 당신이 최후의 승리를 원한다면 진리를 따라야 한다. 한때 불리하고 비참한 처지에 빠지더라도 그것은 치료를 받을 수 있는 상처이다. 당신이 의지할 바는 정당한 사실과 그리고 분명한 진리여야 한다."

나에게 무관심한 그, 이별이 다가온 걸까요?

소개팅으로 오빠를 만난 지 3개월 정도 되어갑니다. 처음에는 저에게 하루에도 3~4번씩 전화하고 문자도 자주 보내던 사람이 요즘은 너무 바쁘다면서 연락을 거의 안 합니다. 하루에 전화나 문자 한 통 없을 때도 많고요. 제가 이런 부분에 대해서 말하면 오빠는 이해해줄 수 있는 거 아니냐며 되레 섭섭하다고 합니다. 제가 막내고 외동딸이다 보니 외로운 걸 견디기 힘듭니다. 그래서 오빠가 저를 사랑하는지에 대한 확신도 점점 사라지고, 오빠가 저를 사랑하지 않는다면 제가 참아야 할 이유도 없다고 생각해요. 그 사람이 저를 사랑한다는 확신도 없는데 계속 만나야 할까요?

AnSwer

'하루 몇 번의 연락, 사랑하는 사이라면 이렇게, 기념일은 이렇게' 이런 기준들에 가장 부담을 갖는 사람들이 바로 남자입니다. 여성들은 대부분 사랑한다면 남성들이 알아서 챙겨주고 자신에게 맞춰줘야 한다고 생각하지만 뜨겁게 달아올라 이내 식어 버리는 관계가 아니라면 진득하게 오래가는 사랑의 감정을 서서히 키워나가도록 노력해 보세요.

쉽게 보이고 싶지 않으려면 자기계발과 좋은 여자가 되기 위한 최적의 조건을 만드는 것이 현명한 삶의 철학이라 생각됩니다.

그냥 먹는 것이나 예뻐지고 행복하고 이런 것에만 집중하지 말고 내면의 아름다운 생각을 키워가는 방법도 좋은 듯합니다.

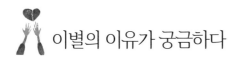 이별의 이유가 궁금하다

　　대학 2학년이 되도록 여자친구가 없던 3학년 여름방학 때 아르바이트를 하면서 그녀를 만나게 되었습니다. 이벤트 아르바이트를 했는데 그 회사에서 아르바이트생을 담당하던 그녀가 저에게 접근해 왔습니다. 안 그래도 순진했던 저는 그녀에게 딱 걸려서 4년이라는 시간 동안 사귀었는데 어느 날 갑자기 그녀가 이별을 통보해왔습니다. 다른 남자가 생긴 것은 아닌 것 같은데 화만 내고 이유는 말해주지 않습니다. 답답하네요.

얼굴에 집착, 몸매에 집착만 하다 보면 쉽게 싫증이 나기도 합니다.

"내 어디가 싫어? 못생겨서 그래? 엄마가 반대하시니? 내가 여성답지 못해서 싫어? 널 이해하지 못하는 게 기분 나빠?"

시시콜콜 이별의 이유를 묻는 사람, 피곤한 일입니다. 헤어지고 나서도 이별한 이유가 궁금해서 한밤중에 전화를 걸어 다짜고짜 물어보고, 상대방은 괜히 죄인 취급당하는 기분이 들어 당신이 부담스러울 것입니다. '도대체 날 왜 찬 거지?' 당신이 참다못해 전화를 하다 보면 언젠가는 상대로부터 "너의 그런 점이 싫어!"라는 극단적인 말까지 듣게 될지도 모릅니다. 복잡한 인간사인데 하물며 사랑이 그리 간단하겠습니까? 무엇을 얻으려고 이별의 이유를 물으시나요? 이유를 알아도 별 소용이 없고 알게 되어도 그 연인의 마음을 되돌리기는 사실상 어렵습니다. 이유를 말해주지 않고 이별 선언을 한 연인에 대해서는 미련을 갖지 않는 게 현명합니다.

헤어진 옛 애인과 다시 만나고 싶어요

헤어진 애인에게서 연락이 옵니다. 그 남자와는 4년 동안 친구 사이로 지냈고, 재작년 말에 사귄 후 작년에 헤어졌습니다. 헤어짐에 계기는 없었지만, 저는 직장인 그 친구는 학생으로 서로 환경부터 달랐습니다. 퇴근 시간이 늦다는 이유로 주말 밖에는 여유가 없었고, 가끔 퇴근할 때 그 사람이 데리러 오면 고작 한 시간 얼굴 보는 게 다였습니다. 한정된 시간 때문에 만나는 횟수가 줄어들고, 그 사람도 학교 생활을 하면서 여자 후배들과 어울리는 시간이 많아지더군요. 의심과 잔소리는 늘어가게 되고 결국 서로의 상황을 이해하지 못한 채 헤어졌습니다. 헤어진 지 반 년, 요즘 그에게서 연락이 옵니다. 연락을 하는 게 옳은 걸까요?

노력 없는 대가는 없습니다. 한때 잘못된 생각이었을 수 있습니다. 자기만족, 아름다움 그 우월함에 젖어 잘못된 생각으로 헤어졌을 수 있습니다. 현재 사귀는 남성분이 없거나 아직 그 남자친구를 사랑하고 계신다면, 용기를 내서 한 번 다시 시작해 보세요. 이런 경우는 서로의 마음을 털어놓고 이야기를 할 시간이 필요할 것 같습니다. 서로의 상황과 사정을 이야기하고 풀어나가지 않으면 다시 만나더라도 똑같은 일이 반복될 것입니다. 사랑 문제의 해결은 원만한 대화입니다.

자신과 상대를 귀하게 만들어 내면과 외면을 가꾸어 줄 수 있는 지혜로운 사람이라면 더 좋은 인연으로 다시 시작해 볼 수 있지 않을까요?

그녀의 마음을 돌리고 싶은 그

지금으로부터 약 한 달 전 그녀를 처음 보게 되었습니다. 저보다 5살 어린 친구인데 처음엔 "그냥 밥 한번 먹자"라는 식으로 만났기에 별 생각이 없었습니다. 당연히 저에게도 그녀에게도 그냥 알게 된 동생과 알게 된 오빠였기에 둘 다 사랑이라는 감정은 없었습니다. 그리고 밥을 먹고 헤어지게 되었습니다. 근데 문제는 이때부터였습니다. 헤어지는 게 너무 아쉽고 붙잡고 싶은 생각이 들었습니다. '왜지? 왜 일까?' 생각하다가 도달한 결론은 '내가 그녀에게 빠졌구나!'였습니다. 그녀가 보고 싶고 또 만나서 같이 놀고 싶어서 카페에서 만나 놀자고 했습니다. 카페에서 음료수도 먹고 과자도 먹고 놀다가 전 고백을 했습니다. "너 좋아하고 사랑해. 우리 사귀자"고 말이죠. 저는 솔직히 받아줄 거라곤 생각을 못했습니다. 이제 겨우 두 번째 만남이고 첫 만남 때 실수 아닌 실수를 했거든요. 결과는 그녀가 제 고백을 받아주었습니다. 그리고 서로서로 좋게 지냈죠. 전 그녀에게 최선을 다했습니다. 그녀도 정말 그게 좋다고 했고요. 당연히 싸움도 했었죠. 남녀 사이에 싸움이 아예 없는 경우는 거의 없으니까요. 저도 그녀도 잘못했지만 저의 잘못이 더 컸기에 사과를 했습니다. 그녀는 그걸 받아주었고 풀었죠. 사소한 것들이야 간혹 있었지만 언성이 높아지고 진정 싸움이라고 할 만한 건 그거 말고는 없었습니다. 그러던 중 그녀와 만나기 쉽지 않은 상황이 생겼습니다. 당연히 상황이 상황이니 만큼 받아들였고, 그녀 역시 아쉬워하며 맘을 달랬습니다. 그리고 얼마 후 시작된 그녀의 변화와 예전 같지 않은 말투, 뜸해진 연락 그리고 받은 통보는 "우리 잠시만 오빠 동생으로 지내자"는 말이었습니다.

저는 납득할 수 없어서 다시 생각하자고 했습니다. 이런저런 말끝에 결국 사귀는 사이는 맞지만 거리를 두는 애매모호한 사이가 되었습니다. 그리고 그녀는 "기다려 달라"는 말을 했고, 저는 당연히 그녀를 기다리겠다는 뜻으로 받아들였지만 그녀는 내가 맘이 진정될 때까지 자신을 간섭하지 말아달라는 뜻으로 했던 것이었습니다. 서로 생각이 달랐던 겁니다. 그녀는 헤어지자고 하더군요. 그냥 맘이 떠났다고 제발 헤어져 달라고 말이죠. 당연히 저는 이유를 납득할 수 없었습니다. 어떻게 사람 마음이 그냥 떠나지냐고, 그냥 싫어지냐고. 이런저런 말끝에 그녀는 자기 마음을 돌릴 수 있다면 그녀는 다시 예전처럼 돌아가겠다고 합니다. 저는 그녀를 꼭 잡고 싶어요. 그래서 그녀의 마음을 돌리고 싶습니다. 그냥 마음이 떠난 것도 이해가 가지 않고 잘못한 것도 없는데 왜 그런 건지 모르겠어요. 그래서 정말 다시 그녀의 마음을 돌리고 싶습니다. 진짜 그녀를 잡고 싶어요.

"남자의 자존심은 경제력이야" 그 자신감은 시간이 지남에 따라 의미를 잃어가며 가치가 떨어질 수 있습니다. 그녀는 좀 더 나은 남자를 만난 것 같습니다. 시간을 두고 지켜봐주면서 그동안 열심히 살아서 현재보다 나은 상황으로 나를 점프시키는 게 현명한 방법 같네요. 그녀가 만나고 있는 남자보다 더 능력 있고 성실하고 비전 있는 모습을 만들어가다 보면 분명 다시 돌아오리라 믿습니다. 그 여성분도 여전히 남성분에게 마음이 있는 것 같아 보이고, 상황을 지켜보다가 다시 한 번 만나서 진실되게 이야기하심이 좋을 듯합니다. 여자의 대시와 남자의 대시는 다릅니다. 남자가 돌아섰다면 다시 돌아오기가 어렵지만 여자는 진실한 마음과 정성된 사랑을 느끼면 상황에 따라 돌아오는 경우가 많습니다.

몇 년 전 저도 똑같은 상황이었던 적이 있었습니다. 정말 한 1년 반 넘게 매달리고 방황하고 힘들어했거든요. 그렇게 매달리고 빌었지만 결국은 헤어졌고, 그동안 고생하며 느꼈던 감정들이 저를 더 강하게 만들어주었던 것 같습니다. 헤어진 후 꽤 오래 제 자신이 힘들어할 줄 알았는데 의외로 빨리 잊히더군요. 그 이유는 전 미련 없이 사랑을 했고 그래서 후회가 없었기 때문입니다. 오히려 그 사람이 저한테 모질게 대했던 것만 가슴에 남아서 그나마 남아있던 정까지 모두 깨끗이 지울 수 있었습니다. 오히려 그 사람이 저랑 헤어진 후에 스토커처럼 저에게 매달렸지만 대꾸도 하지 않았습니다. 물론 처음엔 '싫다, 감정이 없다' 수도 없이 말했지만 그 사람의 집착이 더 심해져서 전 냉정함으로 태도를 바꿨습니다. 이제는 헤어진 지 2~3년이 다 되어 가는데 더 이상 연락이 오지 않습니다. 그래서 이제는 증오 대신 불쌍하고 측은하게 여겨집니다.

이렇게도 생각해 보세요. 그 여성분은 절대 돌아오지 않습니다. 매달리면 매달릴수록 여성분은 멀어져갈 것입니다. 그리고 당신을 더 미워하게 될 것이고요. 그냥 보내주세요. 그리고 이번 일을 계기로 다신 연애할 때 이런 실수 하지 마세요. 원래 헤어진 후에는 상내방에게 못해줬던 것들이 떠오릅니다. 그러면서 맘이 아픈 거죠. 아낌없이 사랑을 준 사람은 헤어진 후에도 후회나 미련 따위가 없습니다.

술을 마시면 헤어진 그 사람에게
전화하고 싶어요

대학에서 CC로 만나 3년간 사귄 우리는 서로 지겨워져서 이별에 합의
했습니다. 자꾸만 다른 남자가 눈에 들어오는 시기라 하는 행동마다 짜
증이 나서 제가 먼저 헤어지자고 말했습니다. 처음에는 펄쩍 뛰던 그도
제 설득에 그만 백기를 들고 말았고, 새로운 사람을 찾아 떠나자며 서로
조용히 보내주게 되었습니다. 하지만 3년이라는 시간이 만만치 않게 길
었나 보네요. 막상 헤어지고 나니 정말 힘들더군요. 그래서 업무 마치면
직장동료나 친구들과 술을 마시러 가게 되었죠. 처음 며칠은 잘 참아내
서 전화도 안 걸고 문자도 안 보내고, 심지어 그에게 걸려온 전화도 받지
않았는데 얼마 전 비 오는 날 마신 술이 문제가 되어 그에게 전화를 하고
말았습니다. 제가 아직 그를 잊지 못하는 걸까요? 괴롭습니다.

AnSwer

그가 생각나지 않도록 무엇인가에 미친 듯이 빠져보라고 권하고 싶습니다. 계속 움직이십시오. 누군가를 만나고, 지칠 때까지 걷고 뛰고. 자기 자신을 업그레이드 할 수 있는 시간으로 투자하면서 스스로를 재평가할 수 있는 멋진 시간으로 만들어 보시길 권합니다.

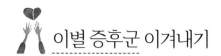# 이별 증후군 이겨내기

헤어진 후엔 섹시해지는 것이 복수다. 슬픈 영화 보며 울고, 이별 노래 듣다가 또 울고, 언제까지 그렇게 지낼 건가? 지금은 바로 당신이 이전보다 더 당당하고 섹시하게 변신해야 할 타이밍이다. 헤어진 상대방이 가슴 치며 후회하도록 말이다.

과감하게 스타일 변신을 시도해라

일단 미용실에 가자. 이별의 슬픔을 잊고 새로운 시작을 해야 하는 순간, 이곳만큼 위로가 되는 곳도 없다. 이전까지의 스타일과 전혀 다른 스타일로 산뜻하게 변화를 주면 위축되고 아픈 마음에 새살이 돋는 것을 느끼게 될 것이다. 원래 자신이 청순한 스타일이었다면 섹시하게, 섹시한 스타일이었다면 청순하게 변신을 해보자. 이런 외적인 변화는 스스로에 대한 자긍심과 자신감을 향상시키는 데 도움이 된다. 또 하나의 이점은 바로 이런 당신의 섹시한 변화가 전 남친에게도 큰 자극이 된다는 사실이다. 우연히 길을 가다가 마주치거나 만나게 됐을 때 예전보다 두 배는 더 예뻐진 당신의 모습에 그는 속으로 엄청난 후회를 하게 될 거다. 아직 싱글인 이군호(26세, 패션쇼 기획자) 씨의 고백처럼 말이다.

"저를 만날 때는 헤어스타일이나 옷 입는 스타일이 몇 프로 부족해 보였던 전 여친과 헤어지고 나서 우연히 마주쳤는데 180도 바뀌었더군요. 정말 제가 원하던 이상형 그대로의 모습으로 말이에요. 후회감이 밀려오더군요. 조금만 더 지켜볼 걸 그랬나 하고 후회했어요."

《찰칵찰칵》의 저자인 연애 칼럼니스트 송창민은 "이별 후 변신을 할 거라면 평소보다 과감하게 변화를 주는 게 남성에게는 더 자극이 된다. 평소에 하지 않던 스모키 화장을 한다든지, 미니스커트를 입는다든지, 살을 엄청 뺀다든지 하는 것처럼 말이다. 그러면 남자들은 자신과 사귈 때와는 전혀 다른 그녀의 모습을 보고 '벌써 다른 남자가 생겼나?' 하면서 배신감을 느낀다. 그리고 다시 만나고 싶다는 생각이 들기도 한다. 하지만 긴 생머리를 짧게 자르는 것만은 비추다. 그러면 남자는 오히려 무섭고 '헤어지길 잘했구나' 하는 생각이 들 수 있기 때문이다. 남자가 삭발했을 때 여성들이 느끼는 것과 다르지 않다"(허스트 중앙 코스모 폴리탄 2014.11.17)고 덧붙인다. 그러니 얄미운 전 남친이 후회하게 만들 겸, 당신의 사기도 드높일 겸, 섹시하게 변신을 감행해보는 거다. 나우!

SNS를 통해 당신의 행복한 근황을 어필하라

미니홈피의 'Today is'를 '슬픔, 우울'로 해놓는다든지 '총 맞은 것처럼' 같은 절절한 이별 노래로 배경 음악을 깔아놓는다든지, 카카오톡 상태 메시지에 '아프다' 따위의 문구를 써가며 괜한 비운의 여주인공을 자처하지 말라. 만약 그런 행동이 그의 마음을 돌리려는 노력이라면 그가 돌아오기는커녕 더 멀리 달아나게 될 것이다. 정답은 슬퍼도 행복한 척, 아무렇지 않은 척하는 것이다. 'Today is'를 '설렘'으로 해놓고 대문 사진이나 프로필 사진은 얼굴 가득 함박웃음을 짓고 있는 행복한 모습으로 대체하라.

연애 칼럼니스트 피정우는 "헤어진 뒤 더 섹시하고 당당해진 자신의 모습을 어필하기에 가장 좋은 방법이 바로 트위터나 페이스북에 비키니를 입은 사진을 올린다든지 더 섹시하고 예뻐진 모습을 드러내면서 정말 행복하게 지낸다는 것을 어필하면 남자는 '내가 없으면 안 될 줄 알았는데 잘 지내는구나' 하면서 후회하는 마음이 들기 마련이다"라고 귀띔한다.

전 연인과 우연히 길에서 마주쳤을 땐 쿨하게 행동하라

아직 이별한 지 얼마 되지 않은 경우에는 특히 힘든 상황일 것이다. 어색하고 껄끄럽겠지만 인상을 쓴다든지 억지로 피한다든지 하는 행동은 오히려 아직도 감정이 남았다는 인상을 준다. 힘들긴 하겠지만 담담한 표정으로 아무렇지 않게 인사를 하는 것이 가장 좋다. 그러면 상대방은 '어떤 사람을 만나기에 저렇게 잘 지내나' 하며 당신의 근황을 더 궁금해 하게 될 것이다. 정 어렵다면 아예 못 본 척 연기하는 것도 좋은 방법이다. 송창민은 "헤어진 지 얼마 안 된 경우에는 아무렇지 않게 인사하고 지나치는 게 쉬운 일은 아니다. 그럴 때는 차라리 멀리서 그를 발견했을 때 휴대전화를 꺼내 통화하는 척한다든지 해서 그를 못 본 듯이 행동하는 것도 좋다. 남자 입장에서는 그런 모습이 다행으로 느껴지면서도 한편으로는 '지금 나를 못 본 건가, 못 본 척하는 건가?' 하면서 궁금증이 유발될 수 있기 때문이다"라고 덧붙인다.

새로운 연애를 시작했다면 그 사실을 은근히 드러내라

이별한 연인에게 가장 강도 높은 한 방은 먼저 연애를 시작하는 것이다. 새로운 사람과 연애를 하게 됐다면 그 사실을 은근히 상대방이 알게 만드는 것도 나쁘지 않다. 물론 좋은 사람을 만나서 사랑받고 있다는 것만으로도 충분히 행복한 일이겠지만, 상대에게 제대로 복수의 한 방을 날려주고 싶다면 당신이 새로운 연애를 시작했음을 상대방의 친구에게 흘려주거나 SNS를 통해 은근슬쩍 커플 사진을 올리는 게 효과적일 것이다. 언제나 자신과 함께 다니던 사람이 다른 사람과 만나고 있다는 사실만으로도 상대에게는 자극이 될 테니까.

"헤어진 그녀가 다른 남자의 차를 타고 가는 걸 봤어요. 더 충격이었던 건 그의 차가 제 차보다 좋은 차인데다 그가 저보다 훨씬 멋져보였다는 거죠. 상처가 며칠 가더라고요"라는 이현준(28세, 회사원) 씨의 고백처럼 말이다.

업무적으로 프로페셔널해져라

이별 후 당신이 해야 할 섹시한 행동으로 가장 추천하고 싶은 것은 바로 이것이다. 이별을 발전의 원동력으로 삼아 당신의 커리어를 높이는 일에 집중하라. 솔로가 되면 연애할 때 쏟아 부었던 정성과 시간을 모두 당신만을 위해 사용할 수 있으니 이때야말로 커리어적으로 발전할 수 있는 좋은 기회이다. 이것은 당신 스스로의 미래를 위한 일인 것은 물론이고 헤어진 상대의 코를 납작하게 만들기까지 하는 좋은 방법이 될 것이다.

"예전 여자친구가 아나운서 되는 게 꿈이었거든요. 늘 아나운서가 되고 싶다는 노래만 불렀지 별다른 준비를 하지 않아서 좀 한심하게 생각했죠. 그런데 저랑 헤어지고 나서 얼마 뒤에 뉴스를 보는데 기상 캐스터가 돼서 나오는 거예요. 너무도 당당하고 예뻐진 그녀를 보며 이런 여자를 놓쳤다는 게 너무 아깝다는 생각이 들었어요."

이별의 아픔을 되새기는 데 쓰는 시간과 에너지를 당신의 커리어를 위해서 사용해보자. 결국에는 커리어와 사랑 모두를 잡게 될 테니까 말이다.

사랑은 무엇보다도
자신을 위한 선물이다.

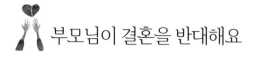 부모님이 결혼을 반대해요

남자친구와 저는 만난 지 2년 정도 됩니다. 이 사람과 결혼을 하고 싶은데 남자친구 부모님께서 저희 둘의 결혼을 반대하시네요. 거기다 남자친구에게 자꾸 선을 보라고 하시나 봐요. 너무 반대가 심하시니까 남자친구도 마음이 흔들리는 것 같고요. 어떻게 하면 남자친구의 마음을 잡을 수 있을까요?

먼저 부모님이 반대하는 이유를 알아봐야 할 듯 하며 남자친구에 대한 신뢰가 쌓여있다면 크게 걱정하지 않으셔도 될 것 같습니다. 남자친구 집에서는 현재의 환경이나 조건이 중요한 문제이긴 하지만 더 중요한 것은 남자 친구의 마음입니다. 힘들고 어려울 때 기댈 수 있는 든든한

버팀목이 되어주세요. 상담자 중에 님처럼 반대로 고민했던 분이 계십니다. 그런데 지금은 결혼해서 행복하게 살고 있습니다. 결혼 안 했으면 어쩔 뻔했나 싶을 정도로 행복해합니다. 어느날 아침에 일어나면 이 행복이 깨져버릴까 봐 눈물이 날 정도라네요. 감동이라는 건 영화 볼 때나 받는 감정인줄 알았대요. 매일매일이 행복이고 감동이랍니다.

부모님이 우려했던 일들에 대하여 하나하나 오해를 풀어주려고 노력하고 하나씩 잘 헤쳐 나가보세요. 계획이 있고, 서로 해쳐 나갈 수 있다는 믿음이 충분하다면 그 성취감도 클것이라 생각됩니다. 부모님들은 정서적인 부분은 잘 모르시고 눈에 보이는 것만 보시고 반대하실 수도 있습니다. 우리가 돈 많이 벌고 좋은 조건의 남녀를 만나려고 하는 건 결국 행복하기 위해서가 아닐까요? 생각을 털어 놓는 것은 자연스러운 일이며 다른 사람이 숨김없이 털어 놓은 말은 그대로 받아들이는 마음가짐을 가지는 것도 좋을 듯합니다.

Part 6
결혼은
똑똑하게

모든 결혼은
이교도와의 결혼이다

결혼 적령기라 결혼해야겠다고?

성격, 가치관, 직업, 취미 등이 잘 맞아 대화가 잘 통하고 소개팅할 땐 시간이 참 잘 갔어요. 근데 확 끌리는 느낌이 오지 않네요. 3초 첫인상이라 하는데 그 부분이 아쉽긴 했어요. 소개팅으로 결혼하신 분들은 첫 만남에 확 끌리는 느낌이 오나요? 아니면 알아가다가 더 호감이 들기도 하나요? 이럴 경우 애프터 한 번 더 하는 게 좋을지 고민이 됩니다.

한눈에 알아본다는 것은 사람 나름인 것 같습니다. 전에 소개로 맺어준 분에게서 "전 남편을 처음 봤을 때 아무런 감정도 없었어요. 그냥 남자 사람? 그러다 여러 번 만날 일이 생기고 친해지고 하다 보니 서서히 감정이 생기더라고요. 지금은 사랑하는 남편 없음 못 살아요"라는 이야기를 들은 적도 있으니까요. 섣불리 생각하지 마시고 몇 번 더 만나보세요. 소중한 인연일 수 있어요. 그러나 결혼 적령기라고 결혼에만 집중하다 보면 더 중요한 것을 놓칠 수 있습니다.

결혼 적령기의 여성입니다. 고민 상담 부탁드려요. 저는 안정적인 직업에, 전문직 형제들, 받을 건 없어도 노후 준비는 되어 있으신 부모님이 있어요. 남자친구는 저에 비해 직업도 안정적이지도 않고, 형제들도 마찬가지고, 부양해야 할 부모님이 있는 장남이예요. 학벌이 별로라 앞으로도 큰 발전은 없을 것 같고(현실이 그러니까) 지금처럼 성실하게 일하지 않으면 안 될 사람이예요. 그래도 저만 바라보고 항상 "네가 최고다"라고 말해주는 착하고 성실한 사람이죠. 근데 결혼하면 행복할 것 같지 않아요. 선배들 말 들어보면 돈, 시댁 문제 때문에 싸우게 된다고 하니까요. 경기를 타는 직업이라 성실하다고 해도 직장을 잃을 수도 있고, 그 사람 부모님 앞으로 저희 월급이 많이 들어가야 할 거고요. 저도 부모 부양하는 건 당연하다고 생각하지만 지금까지 보험 하나 가입하지 않으셨다고 하니 참 걱정입니다. 남자친구와 함께 있으면 편안하고 아직은 같이 있으면 좋고 항상 서로 좋은데, 일하느라 바빠서 뚜렷한 취미도 없고 일상에 재미도 없는 그 사람을 생각하면 불쌍해서 그만 만나자는 말을 하기가 힘들어요. 만약 헤어지자고 하면 많이 힘들어할 텐데. 그래도 실망하고 엄청 반대하실 부모님 생각하면 더 좋은 조건의 남자 만나서 편안하게 살 수 있는 제 미래를 생각할 때 헤어져야 한다는 생각이 강하게 듭니다. 제가 너무 현실적인가요? 무슨 말씀이든 듣고 싶어요.

현실이 닥치지도 않았는데 현실부터 생각하게 된다는 건 '그 사람을 사랑하지 않기 때문일지도 모릅니다'라는 말이 있어요. 힘든 상황에 고민도 많으시겠네요. '다른 사람을 만나서 더 행복할 수 있을까'를 고민하지 말고 '다른 사람을 만났을 때 지금의 사람을 잊을 수 있을까'를 신중하게 생각해보세요. 머리랑 가슴이랑 부딪칠 때 머리를 따르는 게 훗날 생각하면 옳았다고 생각됩니다.

결혼은 현실인데 너무 팍팍하게 살다보면 있던 사랑도 팍팍해집니다. 결혼하고 아이 낳고 살면서 내 새끼한테까지 아껴가며 사는데 벌어서 시댁으로만 다 들어가고 저축도 안 되면 참 그렇죠. 꼭 시댁이어서가 아니라 친정이라도 마찬가지예요. 저도 결혼해 살지만 주위에 팍팍하게 사는 친구들 하소연 듣다보면 그렇습니다. 밑 빠진 독에 물 붓기 식으로 대출 받고 여기저기서 끌어다가 해주다 보면 자기 가정도 팍팍해져요. 잘 사냐를 따지는 게 아니라 최소한 나의 가정에 큰 어려움을 안겨주지 않아야 한다고 생각합니다. 하지만 그 사람에게 비전과 꿈이 명확하고 진실한 사랑에 대한 믿음이 있다면 좋은 쪽으로 생각하시길 조심스럽게 권해드립니다.

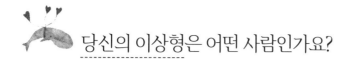

당신의 이상형은 어떤 사람인가요?

연애 세포도 다시 재생되는 봄이다. 푸릇푸릇 돋아나는 새싹, 봄 바람이 불면 함께 봄 소풍 떠나고 싶은 누군가가 생각나기 마련인데 이성친구의 존재가 절실한 당신이라면 자신의 성격과 이상형에 대해 주도면밀하게 알아보자.

● 넘어져서 무릎이 까졌을 때

1. 약국으로 달려가서 밴드를 사다주는 남자

2. 업고 집까지 가주는 남자

3. 자신이 아픈 것처럼 걱정해주는 남자

4. 여자가 조심성이 없다며 혼내는 남자

5. 자기가 더 아파하는 남자

● 나랑 싸웠을 때

1. 애교를 부리며 화를 풀어주는 남자

2. 사랑 표현과 선물로 웃음을 주는 남자

3. 아무 일 없었다는 듯이 그 다음 날 전화해서 만나자고 하는 남자

4. 내 친구에게 내 화를 풀어달라고 하는 남자

5. '나도 화났어' 하다가 깜짝 이벤트를 준비해주는 남자

● 내가 다른 남자랑 얘기를 할 때

1. 누군지 궁금해하며 관심을 깊게 나타내는 남자

2. '업무적인 일이겠지' 하며 지나치는 남자

3. 어떤 남자냐며 화내는 남자

4. 슬쩍 다가와 그 남자 앞에서 내 허리를 감는 남자

5. 화내며 그냥 가는 남자

● 나랑 통화가 안 될 때

1. 무슨 일 있는지 걱정됐다며 물어봐주는 남자

2. 전화를 왜 안 받았냐며 화를 내는 남자

3. '중요한 일이었나봐' 하며 이해해주는 남자

4. 집 앞에 와서 기다려 주는 남자

5. 전화 안 받아 문자 남긴다며 문자 해주는 남자

● 내 생일에

1. 태어나줘서 고맙다며 향기 가득한 프리지아 꽃 한 다발 주는 남자

2. 오늘은 자기 생일이니까 하자는 대로 다 하겠다고 하는 남자

3. '자정에 전화해서 내가 맨 먼저 축하해주고 싶었어' 라며 사랑한다
   고 고백하는 남자

4. 내 생일 모르는 척했다가 이벤트를 열어주는 남자

5. 편지도 없이 성의 없는 선물 하나 딸랑 주는 남자

● 같이 영화를 볼 때

1. 잔인한 장면이 나오면 내 눈을 가려주는 남자

2. 내가 지루해하면 자기도 재미없다고 나가자고 하는 남자

3. 내가 보고 싶어 하는 영화가 있다고 하면 주말에 표 예매해 놓는 남자

4. 내가 잠 온다고 졸고 있으면 어깨를 빌려주는 남자

5. 무서운 장면이 나오면 나를 꼬옥 안아주는 남자

● 같이 길을 걸을 때

1. 걷다가 슬쩍 손을 잡아주는 남자

2. 내가 걸음이 느리면 같이 느리게 걸어주는 남자

3. 하이힐 때문에 힘든 걸 알고 벤치에 앉았다 가자고 하는 남자

4. 어두운 길로 가면 위험하다고 일부러 사람이 많은 곳으로 가는 남자

5. 분위기가 다운되면 내 귀에 음악이 들리는 이어폰을 슬쩍 꽂아주는
   남자

● 시험 기간 때

1. 내가 독서실 다닌다면 자기도 다닐 거라고 하는 남자

2. 내가 시험공부 끝날 때까지 자기도 안 잘 거라고 수시로 문자 보내 주는 남자

3. 공부하는 데 방해 안 할 거라고 연락 안 하는 남자.

4. 늦게까지 공부할 때 배고프겠다며 맛있는 거 한 다발로 사주는 남자

5. 요점 정리해서 나한테 선물해 주는 남자

● 비가 많이 오는 날인데 우산이 한 개밖에 없을 때

1. 자기 혼자 쓰고 가는 남자

2. 나한테 우산 주고 자기는 비 맞는 남자

3. 기왕 이렇게 된 거 둘 다 비 맞자고 하는 남자

4. 나를 억지로 우산 안으로 끌어당기는 남자

5. 우산 가게 가서 우산을 하나 사주는 남자

처음 만난 사람들 혹은 가벼운 술자리나 TV 연예 프로그램에서 심심 찮게 물어보는 질문이 바로 "이상형이 어떻게 되세요?"다. 대부분 이런 질문을 받으면 어색하게 웃으며 "그냥 착한 사람이요"라고 대답한다. 정 말 사람들은 착한 사람만을 원할까? 물론 성격이 착하다는 것이 '하나의 조건'이 될 수는 있을 것이다. 그러나 당신이 여성이라면 솔직히 당신의 이상형은 '활발하고 주위 사람들과 잘 어울리며, 가정적이고, 외모로 치 자면 키는 나보단 컸으면 좋겠고, 잔근육이 많고 나만 바라봐주는 남자'

가 아닌가? 여기서 사람마다 약간의 편차는 있을 수 있겠지만 말이다. 아, 물론 남자들은 무조건 '예쁘면' 될 것이다. 이렇듯 이상형이라는 것은 지극히 주관적이면서도 현실적인 것이다. 지극히 주관적이라는 것은 아무리 위에 나열했던 조건의 누군가를 정확하게 찾는다고 하더라도 마음에 들지 않을 가능성이 농후한 것이다. "키는 크지만 너무 큰 것 같고 쌍꺼풀이 없기는 한데 눈매가 마음에 안 들어"처럼 말이다.

이상형이라는 것은 자신이 원하고 자신이 가장 완벽하다고 생각하는 사람을 뜻한다. 그렇다면 이상형이라는 것은 가장 완벽하게 자신의 현실(경제적 안정감, 주위의 시선 등)에서 탈피할 수 있는 탈출구가 되는 것이다. 그렇기 때문에 사람들은 누구나 이상형을 만나길 원하고 사귀길 원하고 함께하길 원한다. 그러나 그런 이상형이 있지만 지금 당신 옆에 있는 사람은 어떤가? 한때 유명했던 말처럼 "남자친구랑 영화를 보는데 옆에 오징어 한 마리가 있더라"라고 생각하는가?

어느 설문조사에서 연애 중에 물어봐서는 안 되는 것 중에 하나가 앞서 말했던 "이상형이 어떻게 됩니까?"가 꼽힌 적이 있다. 이상형을 말하는 순간 상대방은 자신이 당신의 이상형과 전혀 맞지 않다고 생각할 수밖에 없고(물론 '내 이상형은 너야' 같은 말을 안 했을 경우) 그렇다면 마음에 담아두든 그 자리에서 바로 삐쳐버리든 하나의 상황이 전개될 것이다. "그럼 너는 나랑 왜 만나는 거야?"라는 의문을 남기면서 말이다. 이상형은 말 그대로 이상향이기도 하고 꿈이기도 하다. 이상형이라는 것이 정말 신념이나 사실처럼 딱 굳어있는 사람은 거의 없다고 봐도 무방하다. 한 예로 어린 시절에 우리는 아침에 일어날 때마다 장래희망이 바뀌는 경험을 해 봤을 것이다. 꿈이라는 것은 현실이 반영되기 때문이다. 그때 당시에 과학자가 나오는 영화를 봤다면 과학자가 꿈이 되고, 슈퍼맨 이 야기를 들었다면 슈퍼맨이 되는 것이 꿈이 되는 것처럼 말이다. 이상형도 지금 내가 외로움을 많이 느낀다면 항상 옆에 있을 수 있는 사람을 원할 것이고, 지금 내가 미래를 위해 일에 충실하고 싶다면 옆에서 묵묵히 기 다릴 줄 아는 사람을 원하게 될 것이다. 이제 당신이 상대방에게 고백을 하거나 고백을 받았을 때를 다시 떠올려 보자. 당신은 상대방의 어떤 부 분을 좋아해서 고백을 하고 지금 사귀는 단계에까지 이르게 되었을까?

고백할 혹은 고백 받을 당시에 이상형까지는 아니더라도 "이 사람이 라면?"이라는 생각이었을 것이다. 지금 이상형을 군이 생각할 필요가 없 을 정도로 행복한가? 그렇다면 오랫동안 사귈 커플이고, 아니면 지금 당 신의 현실과 이상형이 바뀐 것이다.

그렇다면 상대방과 큰 트러블도 없고, 성격도 잘 맞는 것 같은데 바뀐 현실을 타개하기 위해 또는 지금 이성친구는 이상형이 아니기 때문에 헤어져야 맞는 걸까? 대답부터 하자면 "NO"다.

이상형과 현실은 계속해서 바뀌고 그때마다 당신은 다른 사람을 사귀 지는 못할 것이다. 그렇다면 우리는 영원히 이상형과 사귈 수는 없는 것 일까? 난 그것에 대한 답도 "NO"라고 할 것이다. 현재 당신이 지금 상대 방에게 원하는 것을 가감 없이 말하라. 그리고 상대방이 원하는 것을 가 감 없이 받아들여 보라. 그렇게 서로를 이해하고 대화하고 서로 바뀌어 가는 점을 바라본다면 지금 바로 옆에 있는 사람이 '또다시' 당신의 이상 형이 될 것이다.

행복하기는 아주 쉽단다
네가 가진 걸 사랑하면 돼

영화 《One True Thing》 중

효자인 남자와 결혼해도 될까요?

제가 보기에는 홀어머니라서 그런지 서로를 많이 의지하는 것 같습니다. 늦게 데이트를 하고 있으면, 오빠한테 계속 전화를 하십니다. '언제 들어오느냐', '엄마 무섭다' 등 결국 오빠는 제게 미안하다며 집으로 들어갑니다. 그러고는 며칠 후 어머님께서 직접 제게 문자로 '오빠 너무 늦게 보내지 말라'고 하십니다. 결혼할 사람인데 이 정도면 너무 심한 거 아닌가요? 부담스럽다는 저의 말에 오빠는 어머니께 죽을 때까지 효도해야 한다며 이해해 달랍니다. 결혼해도 될는지 고민입니다.

효는 백 가지 행실의 근본이다. 부모에게 효도하는 사람은 우선 남을 미워할 줄 모르며 부모를 공경하는 사람은 남을 얕보지 않는다. _효경

나무는 잠잠하려고 하나 바람이 그치지 않고 자식은 섬기고자 하나 어버이는 기다리지 않는다. _맹자

내세에 준비된 더 큰 행복을 위해 현세에 보장된 소소한 행복을 버리는 것이 과연 잘한 일일까요? 로버트 프로스트의 '가지 않은 길'이 제시하는 것처럼 남들이 가지 않은 길을 가는 것은 아주 매력적입니다. 하물며 보물지도처럼 그 끝에 상상할 수 없는 행복이 기다리고 있다는 데 피할 이유가 없지요. 가는 과정에서의 고통 정도야 나중에 얻게 될 기쁨에 비하면 아무것도 아닙니다. 결혼은 당사자 둘만의 문제가 아닙니다. 집안과 집안의 일이죠. 그렇기 때문에 더욱 시어머니와의 관계 또한 결혼에서 큰 부분을 차지합니다. 결혼도 하시기 전에 시어머니와의 관계가안 좋다면 결혼해서는 더욱 큰일이 닥칠 수도 있습니다. 남편 되실 분을사랑하신다면 속마음을 속 시원하게 털어 놓으시고, 조금씩 서로를 이해해가도록 노력하시는 게 좋을 것 같습니다.

동행은 더불어 하나가 되는 것이며, 나의 생각이 나의 운명을 만듭니다.

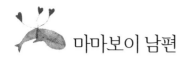

마마보이 남편

己 庚 丁 甲
卯 戌 卯 寅

저희 남편은 남의 밑에서 일을 하지 못하고 꼭 자신이 사업을 벌이려
합니다. 그러나 벌인 사업도 진득하게 운영하지 못하고 얼마 안 가서 업
종을 바꾸고 엎습니다. 사업 자금은 매번 부모에게 손을 벌리고요. 경제
적으로 안정이 되어 있지 않으니 답답합니다. 게다가 남편은 제 말보다
는 부모님의 말씀을 전부로 알고 살아가는 사람입니다. 저는 어떻게 살
아야 할까요?

위의 사주는 남편이 마마보이로 자신의 자리를 지키지 못하고 부모의

돈을 녹여 먹는 사주다. 이 남자의 부모 년에는 갑인목 큰 빌딩도 있다. 반대로 아내의 사주를 잘 보면 묘술합, 인술합으로 시부모의 재산을 잘라 먹고사는 것으로 나온다. 이 남편은 노래방이다, 식당이다 부모 돈 잘라 먹고 지금은 부인이 무서워 기술을 배워 취직하려 한다. 아내의 사주는 일시에 합으로 맺혀 안팎으로 다리를 걸치고 있는 형태. 잘생긴 인물 덕도 한몫할 테지만 사주에 인중병화 술토에 정화, 합화되어 생기는 관성을 좋은 것이라 해야 할까? 그야말로 돈 때문에 남자가 생기고 남자가 돈을 가져다주는 형태다.

위 사주처럼 마마보이 사주는 사주대로 살게 되어 있다. 유전적인 요소와 환경적인 요인이기도 하다. 사사건건 엄마한테 전화해서 잘했건 못했건 그간 있었던 일 모두를 말하는 스타일, 일명 마마보이는 긴 세월 동안 그렇게 살았기 때문에 하루아침에 고치기는 어렵다. 그래서 전화는 하되 말할 때는 장점만 말하고 잘하는 것, 좋은 점만 말하도록 하고 남편이 좋아하는 일을 할 수 있게 해주는 것이 방법이다. 그러다 보면 조금씩 바뀌게 된다. 착하고 순수한 마마보이는 길들인 대로 움직인다. 민법 840조(재판상이혼사유) 3항에 의하면, 부부의 일방은 '배우자 또는 그 직계존속으로부터 심히 부당한 대우를 받았을 때' 가정법원에 이혼을 청구할 수 있다. 시부모의 폭언을 이혼 사유로 한 이혼 소송에서 시부모에게 위자료 3천만 원을 받은 판결이다.

혼인신고 바로 해야 하나요?

신혼여행 다녀온 지 한 달 된 새댁입니다. 신혼 재미에 한참 푹 빠져 살던 중 며칠 전에 남편이 혼인신고는 했냐고 물어보더군요. 저는 "혼인신고는 하지 말자"고 말해버렸습니다. 특별히 싫은 이유는 없었지만 저는 서로 적응기를 가져보자는 핑계를 댔습니다. 그랬더니 남편이 불같이 화를 내는 것입니다. 그래서 결국 혼인신고 문제로 처음으로 부부 싸움까지 했습니다. 남편이 화를 내는 이유도 이해할 수 있고, 남편을 사랑하지만 혼인신고는 내키지가 않습니다. 이런 제가 이기적인가요?

이메일과 인터넷을 통해 '혼인신고는 결혼 후 어느 정도 경과된 뒤에 하시겠습니까?'에 대한 설문조사를 실시한 결과이다. 이 질문에 대해 남성 응답자의 85.8%와 여성의 70.4%가 '6개월 이내'로 답해 압도적 비중을 차지했다. 그 뒤로는 '1년 이상 경과 후'(남 9.9%, 여 21.6%), '7개월 ~1년'(남 4.3%, 여 8.0%)의 순이다. 요즘 젊은 사람들을 보면 결혼 후 1년을 기다렸다 혼인 신고를 하는 경우를 주변에서 종종 본다. 여성의 경우 결혼을 통해 신체적, 정신적 및 경제적 울타리를 확보하는 것이 주된 목적이다. 그런데 남편이 결혼 후 중심을 잡지 못하고 머뭇거릴 경우 크게 실망하게 된다. 결혼을 하게 되면 마땅히 책임감을 가지게 된다. 그것을 본인은 구속이라고 생각할 수도 있지만 단지 구속이 싫어서 혼인신고를 망설이고 있다면 결혼을 결정할 때 신중하지 못했던 본인의 잘못이다.

부부 사이에서 자신의 완전한 자유를 내세운다면 행복한 결혼생활을 기대하기 힘들어진다. 결혼은 서로에게 양보하고 배려하고 책임질 건 책임짐으로써 원만하게 살아나갈 수 있는 것이다. 혼인신고는 서로에게 가지게 되는 책임감의 크기와 직결되는 문제이기 때문에 그 여부가 중요하다. 그래도 계속 혼인신고가 단지 구속으로 여겨진다면 '아름다운 구속'이라는 말의 의미를 되새겨 보기를 바란다.

기념일을 잘 챙기자

'기념일 챙기기'를 둘러싼 남녀 갈등*

'합리성과 효율성'은 남성을 특징하는 주요한 요소 중에 하나다. 확실히 남성들은 당면한 문제에 대하여 가장 효율적인 해결 방법과 결과를 도출하는 데 능한 것 같다. 그런데 사회적 상황에서 유능감을 느끼게 해주는 이런 특성이 연인관계에 있어서는 오히려 장애로 작용할 때가 많아 갈등 요인이 되곤 한다. 예를 들어 '기념일 챙기기'도 그런 갈등 중 하나다. 생일은 기본이고, 100일 기념일, 몇 년 기념일, 발렌타인데이, 화이트데이, 빼빼로데이, 크리스마스, 결혼기념일 등 왜 그리도 챙겨야 할 기

---

* 연애상담 커뮤니티를 운영 중인 러베로우(www.lovearrow.me)의 오래 가는 사랑 중에서. 사랑의 유효 기간을 뛰어넘어 오래오래 사랑을 유지할 수 있는 '커플 메이팅'이 관심사다. 누구에게나 보다 잘 맞는 사람이 있다고 믿는다. 연애는 진짜 '러베로우'를 찾아가는 과정이며 결혼은 그 보존 관리 기술이라고 생각한다. 사랑에 관한 모든 것을 탐구하고 카운슬링함으로써 사랑을 지속해나가는 것이 목적이다.

넘일이 많은 것인지, 이 많은 기념일을 일일이 기억하고 챙기는 일이 여간 귀찮고 번거롭지 않은 남성들은 왜 그렇게 여성들이 각종 기념일을 기억하고 챙기고 싶어 하는지 의아해한다. 기업의 상술에 의해 탄생하거나 부추겨지는 각종 기념일에 일부러 바가지요금을 써가며 이벤트를 하는 것이 무슨 의미가 있는 것인지 당최 모를 일이고, 서로 알아가는 시간이 필요한 연애 초기라면 모르겠으되, 사귄 지 오래되어 안정된 관계라면 굳이 기념일을 챙기며 이벤트를 해야 할 필요가 있나 생각하게 된다. 이런 생각들이 이어지다 보면 점차 기념일 챙기는 횟수가 줄어들어 어느새 여자친구의 생일을 깜빡 잊어버린다거나 심지어 결혼기념일조차 기억 속에서 실종되는 사태를 맞곤 한다. 그러고는 오뉴월 된서리보다 차가워진 애인(혹은 아내)의 마음을 달래느라 한바탕 곤혹을 치르는 것이다. 그런데 여성들은 정말 발렌타인데이나 화이트데이 등의 기념일이 상업적으로 기획된 날이라거나 초콜릿이나 사탕 등을 소비하는 일이 낭비일 수 있다는 사실을 몰라서 기념일을 챙기고 싶어 하는 걸까? 그렇지 않다. 다만, '기념일'을 둘러싼 여성들의 심리가 기념일 자체의 효용 가치와 효율성을 따지는 남성들과는 사뭇 다르게 작용할 뿐이다.

사랑에 있어 남녀의 각각 다른 욕구들

존 그레이 박사는《화성에서 온 남자, 금성에서 온 여자》에서 여성과 남성이 사랑에 있어 서로 원하는 욕구가 다르다고 말한다. 남성들은 사

남성과 여성의 주된 사랑의 요구

남자가 원하는 것	여자가 원하는 것
사 랑	관 심
인 정	이 해
감 사	존 중
찬 미	헌 신
찬 성	공 감
격 려	확 신

랑하는 여성에게 '찬사와 감사'를 받고 싶지만, 여성은 '관심과 공감'을 받고 싶어 한다는 것이다.

"자기 최고야! 멋있어! 훌륭해! 고마워!" 남성은 이렇게 '찬사와 감사'로 자신의 존재를 인정해주고 평가해줄 때 사랑받는다고 느끼는 반면, 여성은 '훌륭하다'는 칭찬보다는 '사랑한다'는 증거(관심)와 확신을 원한다는 것이다. 남성들에게는 아주 사소하게 느껴질 수 있는 일상의 작은 일들에 대한 관심과 이해가 여성들에게는 아주 중요한 '사랑의 증거'로 작용한다. 오늘 일어나서 무슨 옷을 입었고, 어떤 컨디션이었는지, 직장에서 상사와는 잘 지내고 있는지, 점심은 잘 먹었는지, 이런 일상의 아주 사소한 일들에 관심을 가지고, 때로는 격려를 때로는 위로를 해주며 공감해줄 때 여성들은 남성의 사랑을 확인하고 확신하게 되는 것이다. 그래서 여성에게 '기념일'이란 사랑하는 남성으로부터 관심과 사랑의 정도를 확인할 수 있는 좋은 기회가 된다. 사회 문화적으로 용인된 기념일이란, 갈수록 무심해지는 애인이 나를 위해 바쁜 시간을 쪼개고 마음을 쓰도록 요구할 수 있는 합법적(?)인 명분이 주어지는 날이니까 말이다.

나를 위해 선물을 고르고, 그 선물을 고르기 위해 나의 취향을 생각하고, 그 선물을 고르면서 나에 대한 이야기를 주고받고, 그 선물을 가슴에 품고 와서 사랑의 말과 함께 전달하며 오직 둘만의 달콤한 식사를 하는 이 모든 일련의 과정들이 여성에게는 사랑하고 사랑받고 있다는 것을 확인할 수 있는 더없는 즐거움이자 기쁨인 것이다. 그래서 남성들이 기념일 챙기는 일이 귀찮고 번거롭다고 생각할수록 여성들에게는 '사랑의 확인'으로서 기념일의 가치는 점점 높아질 수밖에 없다.

기념일, 남성의 '충실성'을 평가하는 척도

진화심리학의 관점에서도 여성들이 왜 '기념일 챙기기'에 의미를 둘 수밖에 없는지 설명이 가능하다. 여성이 배우자를 선택하는 데 있어 가장 중요한 조건은 임신과 양육 기간 동안 충실하게 자원을 제공할 수 있는 능력과 의지를 가지고 있는가이다. 알다시피 남성들은 '다다익선'의 성 전략을 가지고 있다. 보다 많은 여성과의 메이팅을 통해 보다 많은 개체를 남기고자 하는 전략이다. 여성들은 이런 본능을 가진 남성들을 상대로, 되도록 오랜 동안 자원을 공급해줄 수 있는 능력과 헌신성, 충실성을 가진 배우자를 찾아내고 선택해야 한다. 그러기 위해 여성들은 남성의 충성도를 평가할 수 있는 다양한 테스트를 시도해 보지 않을 수가 없는 것이다. 예를 들어 남성의 '데이트 비용'에 대한 태도, '비싼 선물을 사주는 것'에 대한 태도 같은 것들은 여성들이 그저 돈만 밝히는 속물들이기 때문이 아니라, 상대 남성이 자신을 위해 얼마큼의 자원을 쓸 용의를 가지고 있는지를 테스트해 보는 일종의 '충성 실험' 같은 것이다. 다만, '친절한 남성'이라는 명예를 위해 여성에게 물질적, 심리적 자원을 쓰는 남성들은 드물다.

진화심리학자의 한 연구에 따르면, 남성들은 성적 긴장감 없이 편하게 지내던 여자친구라도 그녀가 결혼을 해 섹스의 가능성이 현저하게 낮아지게 되면 급속하게 친구 관계에서 이탈해 버린다고 한다. 메이팅의 가능성이 적은 여성에게 자원을 쓰고 싶지 않다는 무의식적 반응이라는 것이다. 그만큼 남성들에게 '효율성'이란 중요한 특성이며, 반드시 투자가치가 있는 곳에만 자원을 공급하려 하기 때문에 이에 대응해 여성들이 남성들의 자원 투자의 정도를 사랑과 충실성의 척도로 삼으려 하는 것은 지극히 당연한 처사인 것이다. '기념일 챙기기' 역시 그런 점에서 매우 효과적인 테스트가 된다. 물질적 자원뿐 아니라 물리적, 정신적으로도 귀찮고 번거로운 기념일 이벤트를 기꺼이 감수하고 성실하고 충실하게 수행해주는 남성이라면, 오랫동안 가정을 위해 헌신하고 충실할 수 있는 배우자로서 적합한 남성이라는 평가가 가능하지 않을까?

여성에게 점수 따기, 기념일을 적극 활용해 보라

지금 데이트하는 여자친구의 마음을 사로잡아 결혼까지 이르고 싶다고 생각하는 남성이라면 '기념일 챙기기'처럼 여성들에게 많은 점수를 얻을 수 있는 기회를 적극적으로 활용하는 것이 좋을 것이다. 평소에 조금 소홀했던 점이 있었다면, 기념일을 적극 활용해 보라. 단 한 번의 특별하고도 인상적인 기념일 이벤트를 통해 그간에 잃었던 점수를 한꺼번에 회복할 수도 있고, 잘하면 다음 기념일이 돌아오기까지 이후 1년이 편안할 수도 있다. 물론 여성들 중에서는 '기념일 챙기기'에 큰 의미를 두지 않는 사람도 있고, 선천적으로 세리머니 자체에 무신경한 이들도 있다. 그러나 정성과 사랑이 가득 담긴 기념일 이벤트를 마다할 여성은 없을 것이다. 탤런트 최수종 씨는 매년 결혼기념일마다 부인을 위해 손수 특별한 이벤트를 준비한다고 한다. 그가 이러한 여성 심리를 잘 알고 한 일인지는 알 수 없지만, 적어도 그 한 번의 이벤트가 부인에게 충실한 배우자로서의 자질을 증명하는 좋은 기회가 되고 있는 것만은 틀림없을 것이다.

행복한 결혼을 위한 연애클리닉

프로페셔널한 여성이 되자

"난 능력 있는 남자랑 결혼해서 살림만 하고 살 거야."

요즘 같은 불경기와 불안전한 직업, 사회 분위기 속에서 힘든 것은 누구나 다 겪는 고충이다. 이런 사회 속에서 남성들은 결혼을 미루고, 여성들은 능력 있는 남성을 만나 결혼을 앞당긴다는 웃지 못할 슬픈 이야기도 있다. 가정교육을 잘 받은 신부를 좋아하는 집안은 영화나 드라마에나 나오는 상류층의 집안이 아니고서는 없다. "전 신부수업 받다가 좋은분 만나서 열심히 '내조'하면서 살래요"와 같은 구시대적 발상은 접어두자. 각박한 현실에 남편 사회생활을 위해서 내조보다는 능력 있는 여성이 되어 남성의 짐과 스트레스를 벗어나게 해주는 프로페셔널한 여성이되자. 요즘 남성들이 원하는 배우자감의 1순위가 맞벌이가 가능한 안정된 직장을 가진 여성이다. 직장이 없는 여성은 취직이 우선이다. 직장생활을 해 본 여성들은 직장의 분위기나 직원과 상사와의 갈등이 얼마나 힘든지 잘 안다. 내 남자만 그 험난한 곳에 내몰지 말고, 인생의 밝은 미래를 위해 함께 인생을 설계하고 미래를 준비해 나갈 수 있다는 모습을 보여주자.

때론 한없이 변화를 줄 수 있는 여성이 되자

골드우먼도 여성은 여성이지 않은가. 떳떳하고 당당해서 자기 일에 똑부러진 커리어 우먼을 동경하는 남성일지라도 때로는 웃음과 귀여움을 보여주는 지혜로운 여성을 원한다. 현명한 여성은 시대적 흐름에 변화를 가질 줄 아는 여성이다. 커리어 우먼으로 사회에서 인정받는 모습을 보여주는 것도 중요하지만 때로는 남성에게 한 없이 사랑스럽고 귀여운 모습을 보여주도록 하자. 남성들은 자기 일에 빠진 여성에게 매력을 느끼지만 사랑스럽고 애교 많은 여성에게 더욱 사랑을 퍼주게 된다.

함께하면 항상 웃음을 주는 여성이 돼라

자신의 고민거리와 일상의 사소한 이야기를 나누며 웃음을 주는 여성을 남성들은 좋아한다. '오늘은 얼굴이 어두워 보이네' 하며 무슨 고민이 있거든 나에게 털어 놓으라고 말해주는 여성을 싫어할 남자가 어디 있을까. 단, 그 남자의 기분을 고려하여 당신이 진심으로 남자를 걱정하고 그를 위하고 있다는 인상을 꼭 심어 주어야 한다.

그의 호기심을 자극하는 여성이 돼라

하루 종일 있었던 일을 이야기하는 여성이 되지 말라. 자신의 일거수일투족을 알리는 여성에게 남성은 싫증을 느낄 수도 있다. 일일이 보고한다고 해서 '참 숨김없는 여자구나!'라고 생각하는 남자는 절대로 없다. 여성은 가슴으로 이야기하지만 남성들은 머리로 말하는 것을 좋아하기 때문이다. 자신의 이야기를 한다면 친구랑 어디서 어떤 커피를 마시고 치맥을 한잔 했다는 얘기 말고, '친구랑⋯⋯'과 같이 끝을 흐린 말을 사용하면서 남성들의 호기심과 승부욕을 자극하도록 하라.

자기관리를 철저히 하라

소개팅을 해준다는 이야기에 여성들은 '능력 있어?', '키는 커?'라는 질문을 한다면, 남자들은 '예뻐?', '섹시해?'라는 질문을 많이 한다. 대부분의 남성들이 여성들의 얼굴과 몸매만 밝힌다며 외모지상주의에 대해 운운하지만 그렇게 따진다면 여성 또한 외모지상주의에 플러스 물질만능

주의까지 따지는 격이다. 그렇다고 요즘 유행하는 성형미인이 되라는 얘기는 아니다.

자기 관리가 철저한 사람이 되어야 된다는 이야기이다. 쉬는 공간에서 틈틈이 운동을 하고, 몸매와 자기 관리에 시간을 투자하도록 노력하자. 자기 관리가 철저한 사람은 어떤 남성에게도 아름다워 보이는 자신감이 느껴진다. 하지만 고운 심성만큼 남성에게 오래 사랑받을 수 있는 방법은 없는 듯하다.

나를 사랑해야 상대방도 나를 사랑한다

호감 가고 능력 있는 남성은 다 예쁜 여성들 차지?!

오랜만에 친구가 소개팅을 시켜준단다. 상대는 'K대를 졸업하고, 현재 공사에서 5년째 근무하는 키 178cm에 잘생긴 외모, 착한 성격을 지닌 호남'이란다. '빨리 만나고 싶다, 이제야 남친이 생기는 구나' 들뜬 기분도 잠시 '근데 그런 남자가 왜 나 같은 여자를 만나려고 할까?, 괜히 나갔다가 자기 이상형이 아니라고 하면 무슨 망신이야, 능력 있고 잘생긴 남자들은 다른 여자도 많을 텐데 나를 만난다 해도 곧 다른 여자한테 가겠지' 하며 일어나지도 않은 일을 소심하게 미리 걱정한다. 만나지도 않고 그 사람이 나를 마음에 들어 하지 않을 거라는 판단은 하지 말자. 그러면서 길거리에 괜찮은 남자들이 아닌 여자와 같이 걸어가는 것을 보면서 '저 여자는 뭐가 있을까?'라고 수군대며 부러워하지 마라. 그 남자의 눈에는 그 여성이 매력적으로 보이는 무언가가 있다.

자기 자신을 먼저 사랑할 줄 아는 사람이 다른 사람의 사랑도 받을 수 있다. 그런 고민을 할 시간에 어떻게 하면 그 멋진 남자에게 어필할 수 있는 매력을 키울 수 있을까를 개발하는 것이 더 효율적이다.

꽃피는 봄을 함께 할 그 누가 대시만 해준다면 '그 즉시 OK?!'

'혼자 지낸 지 6년. 내 머릿속에는 온통 매일 남친 좀 생겼으면, 제발 누가 소개 좀 해줬으면 하는 생각뿐이고, 성당에서 기도하고 가까운 절에서 부처님께 기도 드리고 잠드는 게 일상이 되었다.'

예전 같으면 관심 있다고 말을 걸어도 무시했을 법한 남자가 말이라도 걸어온다면 당장에 'OK, 왜 이제야 나타나셨어요?'라는 무방비 태세는 아주 위험할 수 있다. 이제껏 백마 탄 왕자를 기다렸는데, 근사한 리무진 자가용을 다 보내고 허름한 중고차나 자전거 뒤에 탈 수는 없다. 언젠가 다시 나타날 리무진을 위해서 조급해하지 말고 몸과 마음을 단련하고 꾸미자. 즉, 리무진에 어울리는 여성이 되라는 말이다.

앗! 문자다. 그동안 잠자던 휴대전화가 바빠졌다!

너무 오랜만에 찾아온 연애에 초등학교 교사인 애란 씨는 아침저녁으로 남친과 문자를 주고받는다. 아침에 일어나자마자 '그 사람도 일어나 출근했을까?'하는 생각과 함께 '오늘 하루 행복하세요, 잘 주무셨나요? 좋은 하루 보내세요' 등의 문자를 주고받는다. 점심 먹기 전에는 '맛난 점심 드세요' 하는 문자, 퇴근하기 전에는 퇴근한다고, 집에 도착하면 집에 도착했다고, 잔다면 자려고 한다고 문자를 보낸다.

여기까지는 좋다. 만약 상대방이 즉각 답이 없다면? 그때부터 위험한 상상에 들어간다. '바쁜가?', '내 문자를 씹는 건가?', '이 사람이 나 아닌 다른 사람을 만나고 있는 건 아닌가?' 상상의 끝에는 '더 이상 상처받고 싶지 않아요. 제 폰 번호 삭제해 주세요' 라는 문자를 적었다가 지웠다가 를 반복하는 것이다. 그러고는 그 사람의 전화번호를 지워버린다. 그러나 이상하게도 그 전화번호가 생각이 난다. 그리고 다시 그에게 문자를 쓴다.

'많이 바쁘신가 봐요, 혹시 제가 마음에 안 드시면 말씀해 주세요, 능력 있으시니 좋은 분 만나 실거예요.'

혼자 북 치고 장구 치는 그녀, 마음이 있었던 남자도 질려서 도망갈 것 같은 느낌이 든다. 오랜만의 연애라고 해서 이 남자만 바라보고 있어서는 곤란하다. 결코 남자가 내 생활의 전부가 되어서는 안 된다.

TIP

'큰 사랑을 받으면 그 사랑은 전염병처럼 다시 사랑으로 이어진다.'
'자신을 존중하고 사랑할 줄 아는 사람이 남에게 사랑받고 또한 존중받을 수 있습니다.'
자기관리를 통해 나를 발전시키고 내 생활에 매일매일 행복한 모습을 상대에게 보여주자. 그런 아름답고 우아한 당신의 모습을 사랑하지 않고는 못 배기게 만들자.

여성들은 이렇다

첫째, 대부분은 남자가 먼저 연락하길 기다린다

여성이 더 적극적인 경우도 더러 있다. 하지만 대부분의 여성은 남성이 먼저 연락하길 기다린다. '마음에 드는 사람이, 연락하고 싶은 사람이 먼저 하면 되지'라고 말하는 사람도 있을 수 있다. 하지만 여자는 그 사람이 하루 종일 내 생각을 하고 있다면 바빠서 일에 파묻혀 있어도 한번 생각이 났을 때 먼저 연락해주는 것을 더 좋아한다.

둘째, 여성은 한 남성과 사랑에 빠지는 데 시간이 오래 걸린다

다수에 해당되지 않을 수도 있지만 남성들은 마음에 드는 여성이 나타나면 곧바로 사랑에 빠지기도 하고 빨리 식기도 하는 냄비 근성이 있다. 하지만 여성은 사랑에 빠지는 데 오랜 시간이 걸리긴 하지만 그 감정은 오래도록 남는다. 불같이 타오르는 사랑은 빨리 식는 법, 남자도 그녀와의 예쁜 사랑을 갈구하지만 말고 천천히 함께 나가도록 노력해야 한다.

셋째, 여성은 남성의 주변에 있는 여성에 대해 궁금해한다

여성은 한 남성에게만 사랑받기를 원한다. 그렇기에 남자 주변 여성들에 대해 궁금해하고 어떻게 알고 지내는지에 관심이 많다. 문자를 주고 받는 여성과는 어떤 관계이며 전화가 온 여자는 어떤 관계인지 물어보기 전에 먼저 남자가 이야기해주길 바라는 것이 대부분 여성들의 심리다. 또한 여자 주변의 남자에 대해서도 상대방이 관심을 가져주고 질투도 해주길 바란다. '설마 한눈팔지 않겠지'라는 생각은 남자에게 관심받고 사랑받고 싶어 하는 여성이 해서는 안 되는 생각이다.

넷째, 여성은 남성에게 늘 관심과 사랑을 받고 싶어 한다

'이거 너무 무거워 좀 들어줘, 이건 나한테 좀 버거워, 이거 좀 해주면 안 될까?' 여성들이 이런 이야기를 할 때는 자신이 할 수 있음에도 불구하고 부탁하는 것이 아니다. 정말 해줄 사람이 없고 혼자 해야 될 상황이라면 여자 혼자서도 모든 일을 할 수 있다. 여성은 연약한 척하며 남성에게 따뜻한 배려를 바라는 것이고 도움을 통해 사랑을 확인하고 싶어 하는 것이다. 그렇다고 해서 '왜 그렇게 약해, 혼자 할 수 있잖아, 내숭 떨지 말고 해 봐' 이런 말은 삼가야 한다.

행복한 부부 VS 불행한 부부

행복의 조건은 뭘까? 행복이란 참 알쏭달쏭하다. 남부러울 것 없어 보이는 사람도 남몰래 우울증 치료제를 복용하고, 동창회에 나가면 꼭 학창시절에 공부 못했던 친구들의 표정이 가장 밝다.

행복은 재산순도 성적순도 아니라는데 그렇다면 행복한 인생의 비밀은 무엇일까? 여러 가지가 있겠지만 하버드대 연구팀이 75년간 추적한 바에 따르면 결국엔 '사랑'이었다. 가족, 연인, 친구, 동료 사이의 애정이야말로 현재의 행복, 나아가 미래의 행복까지 담보해주는 최고의 비결이었다.

하버드대 의대 교수(정신건강의학과 전문의)인 저자는 1966년부터 42년간 이 연구를 이끌었던 《책의 향기》를 통해 성공적 삶을 위해서는 어린 시절의 경제적 풍요나 사회적 특권보다 사랑하고 사랑받았던 경험이 중요함을 주장했다. 사랑받지 못하고 자란 아이는 사랑받고 자란 아이보다 70세에 심각한 우울증을 경험한 비율이 8배나 더 높았다. 어린 시절 어머니와 따뜻한 관계를 갖지 못한 사람일수록 노년기에 치매에 걸린 비율이 높았고, 아버지와 관계가 좋지 않았던 사람일수록 결혼 생활이 불행했다. 아동기에 경험한 나쁜 일보다 좋은 일이 이후의 삶에 더 큰 영향을 미친나는 것은 다행이다.

애덤스의 사례에서 보듯 이혼을 했다고 해서 향후 부부관계에서 문제를 일으킬 것이라고 섣불리 재단해선 안 된다. 재혼자 27명 중에 23명은 현재 결혼 생활에 행복을 느꼈고, 재혼 기간은 평균 35년에 이르렀다.

결혼 만족도가 낮은 부부들일수록 부정적인 의사 소통법을 많이 사용하며 자신의 감정과 소망을 나타내는 표현을 비교적 적게 하는 것으로 나타났다.

행복한 부부는 사랑하면서 사나 불행한 부부는 미워하면서 산다. 행복한 부부는 미소를 머금고 살지만 불행한 부부는 눈물을 머금고 산다. 또 행복한 부부는 대화하면서 사나 불행한 부부는 침묵을 지키며 산다.

행복한 결혼 생활을 한 연구 대상자들은 부부끼리 서로 '의지'하며 산다는 말을 많이 했다. 서로의 모자람을 채워주는 것이 행복의 비결이라는 것이다. 한 기관에서 '조건 좋은 배우자'에 대한 설문조사를 했는데 남자는 여자를 고를 때 외모를 가장 중시한다고 하고, 여자는 남자를 고를 때 경제력, 사회적 지위, 성격과 집안 등을 본다고 답했다. 많은 사람들의 바라는 대로 조건 좋은 사람과 결혼하면 정말 행복할까?

법륜스님의 '즉문즉설'에서 조건 좋은 사람과 결혼하고 싶어 하는 여성이 과연 그런 사람과 결혼하면 행복할 수 있을지 질문했다. 법륜스님의 답은 이러했다.

"나 이외에 다른 여자를 쳐다보는 남자와 살 필요가 뭐가 있나? 아무리 인물이 잘나면 뭐해? 아무리 돈이 많으면 뭐하냐고. 사람은 상대성이고 자신의 마음가짐에 달려 있다. 남이 나를 쳐다보는 건 자연스럽게 받아들이면서 잘난 내 남편(아내)은 딴 데 쳐다보지 않고 나만 쳐다보고 살기를 원하지만 현실의 인간은 그렇지 못하다. 그러니 우리에게 주어진 것을 그냥 받아들여야지, 어떤 게 유리하고 불리한지 알 수는 없으니 이렇게 재고 들면 안 된다. 누구나 결혼할 때는 자기보다 조금 더 나은 사람을 고르려고 하지만 실제로 나은 사람을 고르기란 쉽지 않다. 상대도 보는 눈이 있으니까 내가 좀 괜찮다 하면 상대가 싫어하고 누가 나보고 괜찮다 하고 연락이 오면 내가 마음이 안 든다. 사람들이 하는 일에는 반드시 과보가 따른다고 한다. 돈도 있고, 인물도 괜찮기 때문에 이러한 남자는 이성문제가 끊이지 않는다. 조건 좋은 사람과 만나는 건 도리어 재앙이다. 인물 좋고, 성격 좋고, 돈 많은 남자는 바람피울 확률이 높다. 배우자를 선택하기 전에 미리 잘 생각해 봐야 할 문제이다. 남자가 나만 보고 살기를 원한다면 나보다 조금은 부족한 사람하고 결혼하는 게 낫고, 남들이 보기에도 좀 괜찮은 사람하고 결혼하면 남편이 다른 여자를 만날 확률이 높고 질투심으로 고통을 좀 겪게 된다는 이치이다. 긍정적으로 사물을 보고 윤리나 도덕에 묶이지 말고, 어떻게 하면 자신을 행복하게 만들 수 있을까를 중심으로 생각해야 한다."

행복한 부부의 대화방식

나 - 전달법
공감적 경청
요약하기
개방형 질문
긍정적 환류

행복한 부부 VS 불행한 부부

• 행복한 부부는 사랑하면서 사나 불행한 부부는 미워하면서 산다.

• 행복한 부부는 미소를 머금고 사나 불행한 부부는 눈물을 머금고 산다.

• 행복한 부부는 대화하면서 사나 불행한 부부는 침묵을 지키며 산다.

• 행복한 부부는 감싸주면서 사나 불행한 부부는 싸움질하면서 산다.

• 행복한 부부는 정을 먹고 사나 불행한 부부는 돈을 먹고 산다.

• 행복한 부부는 집 안에서 사나 불행한 부부는 집 밖에서 산다.

• 행복한 부부는 화합으로 사나 불행한 부부는 대결로 산다.

- 행복한 부부는 상대방을 위해서 사나 불행한 부부는 자기 자신을 위해서 산다.
- 행복한 부부는 희생심으로 사나 불행한 부부는 이기심으로 산다.
- 행복한 부부는 믿음으로 사나 불행한 부부는 불신으로 산다.
- 행복한 부부는 한 길(목표)을 가나 불행한 부부는 두 길을 간다.
- 행복한 부부는 나란히 걸어가나 불행한 부부는 앞뒤로 걸어간다.
- 행복한 부부는 행복을 위해서 사나 불행한 부부는 욕구 충족을 위해서 산다.
- 행복한 부부는 정신적 일치에 사나 불행한 부부는 육체적 일치에 산다.
- 행복한 부부는 눈을 보면서 사나 불행한 부부는 뒤 꼭지를 보며 산다.
- 행복한 부부는 현실 속에서 사나 불행한 부부는 과거 속에서 산다.
- 행복한 부부는 만족하면서 사나 불행한 부부는 후회하면서 산다.
- 행복한 부부는 박수를 치면서 사나 불행한 부부는 삿대질을 하면서 산다.
- 행복한 부부는 친구처럼 사나 불행한 부부는 원수처럼 산다.
- 행복한 부부는 두둔하며 사나 불행한 부부는 원망하며 산다
- 행복한 부부는 모든 잘못을 자신에게 돌리면서 사나 불행한 부부는 모든 잘못을 상대방에게 돌리면서 산다.
- 행복한 부부는 고통을 분담하며 사나 불행한 부부는 상대방에게 떠넘기며 산다.

- 행복한 부부는 예의를 지키며 사나 불행한 부부는 무례를 범하며 산다.
- 행복한 부부는 인격을 존중하면서 사나 불행한 부부는 인격을 모독하면서 산다.
- 행복한 부부는 칭찬하면서 사나 불행한 부부는 헐뜯으면서 산다.
- 행복한 부부는 희망을 가지고 사나 불행한 부부는 환상을 가지고 산다.
- 행복한 부부는 안심(평화) 속에서 사나 불행한 부부는 불안(근심) 속에서 산다.
- 행복한 부부는 관심 속에 사나 불행한 부부는 무관심 속에서 산다.
- 행복한 부부는 책임을 지면서 사나 불행한 부부는 책임을 떠넘기면서 산다.
- 행복한 부부는 서로 도와주면서 사나 불행한 부부는 서로 이용하면서 산다.
- 행복한 부부는 존경하면서 사나 불행한 부부는 무시하면서 산다.
- 행복한 부부는 자숙하며 사나 불행한 부부는 잘난 체하며 산다.
- 행복한 부부는 상냥한 목소리로 사나 불행한 부부는 뻣뻣한 목소리로 산다.
- 행복한 부부는 먹을 것이 있으면 상대방에 입에 먼저 넣어주나 불행한 부부는 자신의 입에 먼저 넣는다.

서로 다른 사람들과 집안이 만나 살다 보면 문화가치가 달라 부딪히는 것은 당연한 일이다. 하지만 상대방을 이해하지 못하고 자신의 욕심으로 가득하다면 그 관계는 쉽게 깨져버리기 마련이다. 상대가족의 문화와 생활방식을 받아들이고 이야기를 듣고, 공감해보자. 생각보다 해결방법은 그리 어렵지 않다.

부부가 행복하게 살기 위해 마음속에 담아야 할 것들

부부 상담은 커플 심리치료를 같이 해야 한다. 상담을 하다 보면 서로 잘못된 이야기로 마음의 '화'를 쏟아낸다. 이것을 참게 되면 병이 생기게 된다. 서로가 양보하거나 이해하지 못하고 "당신이 그런 식이니까"로 되받아치면서 더 큰 문제가 발생한다. 시간이 갈수록 부부는 점점 혈압을 올리는 발언을 한다. 상대의 지적이나 질문에 대답은 없이 자기 주장의 강도가 세지면서 대화의 평행선이 계속된다.

'상대의 이야기를 먼저 듣고 그 얘기에 해당하는 답을 하라'고 부부 사이에 조율을 해도 잠시 뿐이다. 상대의 입장에 서 보라고 얘기하고 마음을 다스리라고 하고 싶지만 쉽지 않다. 상대의 문제는 너무 잘 알지만 자기의 문제는 외면하고 싶은 것이 현실이다. 대화나 소통이 아니라 각자자신의 기준대로 상대를 조정하거나 지배하려는 욕심이 가득하면 친구, 동료 사이도 깨진다. 나랑 친한 친구 사이는 편하기 때문에 쉽게 상처를 주고받는다. 상대를 파트너로 받아들이고 얘기를 듣고 공감하는 태도

속에서 그 다음에 내 주장도 할 수 있어야 머지않아 식탁 앞에서 웃으면서 행복한 가정을 이룰 수 있다.

부부 싸움 시 명심할 것

'결혼은 해도 후회, 안 해도 후회'라고 했는가? 살다 보면 부부 싸움은 반드시 필요하다. 중요한 것은 부부 싸움 중에 상대에게 칼날과 같은 마음에 상처를 주는 일은 평생 잊지 못할 일로 기억되니 격한 감정의 표현보다는 그동안 못했던 솔직한 얘기도 하면서 싸운 후에 풀어내는 지혜로움이 필요하다. 그렇게 되면 부부 사이에 전보다 더 사랑이 깊어질 수 있다. 행복한 부부 사이는 싸움이 없는 부부가 아니라 싸움을 '잘하는' 부부다. 서로의 관심과 이해와 배려가 더 깊어질 수 있기 때문이다. 감정 표현은 분노의 폭발을 불러와 위기 상황이 초래되지 않도록 해야 한다.

마음속에 있는 모든 것을 꺼내지 말자

육식을 좋아하는 사자와 채식을 좋아하는 소가 결혼을 해서 서로에게 좋아하는 것으로 상대를 대하기도 한다. 그런 상황에 갈등이 생기고 쌓이게 되어 마음속에 담은 얘기를 모두 표현하게 되고 독이 되는 경우가 있다. 모든 것을 한꺼번에 쏟아내려 하면 싸움은 끝이 없다. 하루 이틀만 살고 말 것이 아니기 때문에 다음에 기회를 갖는 방법도 좋은 방법이다. 내가 하고 싶은 말의 40~60%만 한다는 심정으로 얘기하라.

인신공격을 피하라

상대의 약점, 치부, 과거 등을 자꾸 꺼내서 공격하는 것은 악감정으로 그 사람 자체를 매도하는 것이다. 이는 문제 해결보다 인신공격으로 인한 모욕감을 느끼게 하고 보복응징의 감정만 쌓이게 된다. 싸움을 해도 기본적인 인격은 존중해 주어야 한다.

상대의 집안을 헐뜯지 말자

'마음의 상처'를 갖고 있는 사람에게 집안 전체를 들먹이는 비난은 개인을 넘어서 가족 전체에 대한 모욕을 줄 수 있다. 아무리 부부 사이라고 해도 상대 부모와 형제를 욕하거나 험담을 하면 그 싸움은 끝장이다. 좋은 결과를 얻기 위해서는 상대 집안에 대한 비난은 절대 금기다.

싸움에서 격한 발언은 삼가고 신중하게 말하자

싸움이 격해지다 보면 "이혼하자, 그만 살자, 헤어지자" 등의 말이 나오는 경우가 있다. 이런 극단적인 말은 씨가 되어 현실로 나타나기도 한다. 그러므로 극단적 해결책은 최대한 피하고 수습하기 쉽지 않은 말을 했을 때는 반성하는 마음과 진실한 사과로 타협점을 찾아야 한다.

절대로 욕설과 폭력은 쓰지 말아야 한다. 그것은 부부 사이뿐 아니라 모든 인간관계에서도 마찬가지다. 특히 가정폭력은 대물림되고 무의식적으로 자식에게 '트라우마'로 남게 되어 가정을 파괴하게 된다. 아이들에게 마음의 상처를 주는 행동을 삼가고, 싸우더라도 적정선을 지키는 노력이 필요하다.

시댁과의 마찰에 슬기롭게 대처하는 법

가정의 평화는 시대와의 소통과 공감에 있다. 남편이 잘못했을 때 시댁에 대한 무조건적인 비난보다는 합리적 대안을 같이 모색하는 태도가 필요하다. 시댁과의 마찰을 해결할 수 있는 키를 쥐고 있는 사람은 남편만이 아니라 함께 노력해야 한다. 능력 있고 배울 만큼 배운 부인이 자기 행복을 포기하는 선택을 강요받아야 하는 세상이 아니므로 일방적으로 변할 수는 없는 노릇이 아닌가?

행복한 부부가 되기 위해 갈등을 이겨내는 심리 치료

문제 해결이 쉽게 이루어지지 않을 경우, 전문적인 상담사와 함께 효과적인 상담을 진행하여 각자 문제점을 깨닫게 하는 심리 치료를 받는 것이 도움이 된다. 전문가의 치료는 중재 역할을 하고, 문제가 오래가지 않아 지혜롭게 갈등을 풀어가는 방법이기도 하다.

캐나다에서는 남편이 육아, 요리, 집안일 대부분을 담당하고 아내는 직장을 다니는 경우가 있다. 육아는 부부 공동의 책임이라는 인식이 일반적이고 대부분 그렇게 부담을 한다. 어떤 부부는 아내의 수입만으로 살면서 남편은 '전업주부'로 산다. 아이들은 이미 다 커서 돌봄이 필요하지 않으니 남편에겐 그저 안정된 가정을 유지, 관리하는 일이 직업이 된 경우다. 그것을 단순히 '남자가 오죽 못났으면'이라거나 '잘난 여자가 무능력한 남자 먹여 살리는 것'이라 생각하지 않는다.

개인의 행복은 자신이 원하는 최대치의 행복을 얻을 수 있는 방식으로 살아감으로써 성취되는 것이라고 생각하는 하나의 삶의 방식으로 받아들일 뿐이다. 한 사람의 잘나고 못남이 오직 학력과 연봉, 직업의 종류로만 구분되고 인정되는 사회에서는 분명 힘든 일일 것이다. 그 안에서의 '결혼'은 비슷한 계급의 유지 내지는 계급 상승의 도구로만 작동하기 십상이다.

가족이란 구성원이 살아가는 '작은 사회'를 통해 거미줄처럼 얽힌 우리 삶의 이야기를 잘 들여다 볼 수 있게 한다. 가족이 없으면 행복지수는 내려가고 숨 쉬는 것마저 힘들어질 것이다. 세상으로 나가면 식구를 잊어버리고, 식구라는 울타리에 들어오면 세상이 멀어져 버리고 인간과 사회, 그 치열한 관계를 새삼 다시 가다듬어 가족이라는 울타리를 다시 한 번 생각해 볼 때라고 생각한다.

1초라도 함께가 아니면 평생이 아니야

영화《패왕별희》중

세상의 중심에서 아름다운 사랑을 하자

우리나라에서 '결혼'의 전제조건은 무엇일까? 배우자의 조건과 가치를 오직 연봉과 직업으로 측정하려는 경향이다. 거기에 학벌과 배경이 추가되고 그것을 사람의 가치 측정 수단으로 바라보면서 사람을 곧 돈으로 보는 세상이 되었다.

복지가 잘 이루어진 국가일수록 젊은이들이 자신의 배우자를 고를 때 '경제적 능력'을 따지지 않고, 사람을 수단이 아닌 목적으로만 바라볼 수 있다. 그렇다면 지금 한국 젊은이들의 사고를 통해서 보면 복지가 충분하지 않다는 것을 반증하는 것이기도 할 것이다. 가정은 또 어떠한가? 아이들은 유치원에서부터 극심한 경쟁과 서열화된 교육제도 안에서 살아남기 위해 치열하게 살도록 강요받는다. 부모들 또한 자신의 삶의 질, 가치를 생각할 시간적 여유조차 없다. 경제적으로 여유가 있건 없건 거의 모든 사람들이 너무나 '바쁘기' 때문이다. 이렇게 '바쁘기'만을 요구하는 사회에서 살아남을 수 있는 사람이란 철저히 그 요구에 부응하는 사람들뿐일 것이다. 무엇을 위해, 누구를 위해 살고 있는 것인지 지금 하는 일을 멈추고 생각해 봤으면 좋겠다. 다양한 삶의 방식이 존중되고 인정되는 사회가 되었으면 한다.

당신이 상상하고 꿈꾸는 대로 세상은 변한다. 단지 우리가 그런 사회를 허락하고 받아들여야 '탐욕'이 가로막고 있는 두려운 세상을 바꿀 수 있을 것이다. 행복한 가정은 이해와 용서, 배려가 있어야 하며 대화와 안식이 있어야 한다. 가족 구성원 서로가 인정해주고 신뢰와 안정이 있고 웃음이 피어나는 유머가 있어야 한다. 어른은 모범적인 언행으로 어른의 모습을 보여 주고 자녀는 부모님을 존경하며 형제간에는 우애를 지켜야 한다.

요즘 2030세대의 절반 이상이 '꿈, 연애, 결혼, 출산, 내 집 마련, 인간관계, 희망'을 포기한 '7포 세대'라고 한다. 연애, 결혼, 출산을 포기한 '3포 세대'에서 계속되는 경제 불황과 취업난으로 '내 집 마련'과 '인간관계'를 포기한 '5포 세대'가 등장하고, 최근에는 '꿈'과 '희망'까지 포기한 '7포 세대'까지 등장했다는 웃지 못할 이야기다. 젊은이들이 이렇게 암울하게 된 가장 큰 원인은 '사회구조'에 있다.

그러나 "아프니까 청춘이다"라는 말처럼 희망을 잃지 말고 아름다운 사랑을 나눴으면 하는 바람이다. 꿈과 희망을 갖고 도전하는 젊은이들이 꿈틀거리는 열정으로 약진하다 보면 우리 안에 행복도 함께 자라게 될 것이라 믿고 싶다. 사람들이 불행한 이유는 자기 자신이 얼마나 행복한지를 잊어버리고 나보다 더 행복하게 보이는 사람의 행복을 부러워하기 때문이다. 건강을 잃고 난 후에야 가족의 행복, 건강의 소중함, 삶이 우리에게 주는 고마움을 깨닫게 되는 것처럼 말이다. 눈을 돌려 우리 주변에 있는 행복을 하나하나 헤아려 보는 사이 우리는 어느새 지상에서 가장 행복한 사람으로 변해있을 것이다.

삶이 아름다운 건 어려운 환경에서 서로에게 감동과 희망을 줄 수 있는, 세상에서 가장 아름다운 '사랑' 때문이 아닐까?